「好了——開始舉行『婚禮』吧。」
3
王者的求婚
瑠璃騎士

「妳該更誠實地……解放自己……」
「啊……啊……唔……」
「請不要讓情況變得更複雜。」
不夜城瑠璃
——深愛著彩禍與哥哥無色的魔術師。

久遠崎彩禍
——多次拯救世界免於滅亡危機的最強魔女。
烏丸黑衣
——藏有重大祕密的彩禍侍從。

「那就證明給我看吧。」
不夜城青緒
——不夜城家一家之主，
魔術師培育機構〈虛之方舟〉的學園長。

「瑠璃也……愛著……葛格……」
「請允許我和瑠璃結婚！」
玖珂無色
——瑠璃的哥哥，
繼承彩禍的身體與能力的少年。

「——來比耐力吧。
讓我告訴妳誰更會記仇。」

「我已經有喜歡的人——」

CONTENTS

King Propose 3
lapis lazuli colors knight

王者的求婚 3

瑠璃騎士

橘公司
Koushi Tachibana

Kadokawa Fantastic Novels

彩頁／內文插畫　つなこ

王者的求婚

瑠璃騎士

無論痛苦或難過，

無論悲傷或憂愁，

無論貧窮或絕望，

哥哥總是在我身邊。

——所以這次，換我守護你。

King Propose 3
lapis lazuli colors knight

✡序章　往日心意決　迄今志不移

人生是一連串的選擇，時間是不可逆的。

若問是哪個瞬間決定了不夜城瑠璃的人生，無疑就是那一天。

七年前的那一天。年幼的瑠璃來到不夜城本家的宅第，跪坐在家主面前。

後方站著她的母親，周圍則是一些戴著面具的少女。

那是個奇妙的空間，但瑠璃既未感到好奇，也不覺得詭異，只是直直盯著房間最深處。

原因只有一個——因為她懷著強烈的決心。

「妳是認真的嗎？」

前方高一階的空間掛著竹簾，竹簾後頭傳來平靜的聲音。

「——是的。」

瑠璃直視竹簾後方的身影，以極其冷靜的聲音回答。

「我要成為魔術師，成為不會輸給任何人、無論遇到何種滅亡因子都能打倒的強大魔術師。」

序章

往日心意決　迄今志不移

瑠璃的話讓周圍的少女輕笑出聲。

——這很正常。畢竟瑠璃只是個連第一顯現都不太擅長的孩子，她們會有這種反應也是理所當然。

「安靜。」

然而，竹簾後方響起的聲音讓少女們全都安靜下來。

「瑠璃，魔術師的強大在於心智強大——妳真的有這樣的決心嗎？」

「是的。」

瑠璃毫不猶豫地回答，並接著說下去：

「如果有危害世界的敵人，就由我來全部打倒。我絕對會變強到那個地步。所以——」

瑠璃用力握緊拳頭。

「——請讓我哥哥當個普通人。」

✦第一章　本家捎來信　騎士急出行

——世界被染得五彩繽紛。

一棟摩天大樓從虛空中橫向長出，玖珂無色就坐在大樓邊緣欣賞著眼前這片奇幻光景。

眼前景色十分奇妙。這無邊無際的壯闊空間像蛋糕一樣被切成了五等分，每塊區域都有截然不同的景致，就像將繪有不同圖案的明信片隨意拼貼在一起。

這樣的光景一點都不真實。實際上，若是從前的無色看到這樣的景色，肯定也會認為是夢境或幻覺。

不過，這或許是正常的。

畢竟如今聚集在此的——

全都是世界頂尖的魔術師。

「——我再說明一次這起事件的概要。」

五色世界中響起一道清亮的嗓音。

第一章
本家捎來信　騎士急出行

不可思議的是，這道聲音傳遍了廣闊空間的每個角落。

「〈影之樓閣〉的魔術師鴇嶋喰良，在前陣子於〈空隙庭園〉舉行的魔術交流賽中，率領多名下屬群起暴動。

其目的是獲取封印在〈庭園〉圖書館地下室的神話級滅亡因子（Mythologia）〈銜尾蛇〉的心臟，並取得封印其他身體部位的機構資訊。她奪走心臟與資訊後就此逃亡。現在仍持續搜索，但依舊下落不明。」

聲音的主人是個黑髮黑眼的少女。她有著澄澈的雙眸以及不露感情的雙唇，身上穿著黑白色的侍女服。

她名叫烏丸黑衣，是〈庭園〉學園長的侍從。

現在直挺挺地站在無色後方——也就是橫向聳立的高樓的窗戶上。

「原來如此——」

一道低沉的男聲回應黑衣的話語。

隨著聲音響起，無色右手邊的景色宛如脈搏般微微震動。

出現在那兒的是被紅色月亮照耀，看起來十分詭異的空間。那裡有著一棵又一棵的枯木，以及貧瘠的大地，其中只有由多座尖塔匯聚而成的西式建築發出妖異光輝。

那裡放著一張椅子，一名高挑的男子坐在椅子上。

他的年紀看起來——雖說魔術師的外表年紀一點參考價值都沒有——四十五六歲，戴著圓框墨鏡，修長的身子裹著大衣。

儘管有段距離，他的聲音很清晰，連身影也能讓人看得一清二楚。

他是紅蓮堂永宗，魔術師培育機構〈灰燼靈峰〉的學園長。

「沒想到被封印的神話級滅亡因子〈銜尾蛇〉竟會復活，而且還和人類魔術師結合——有鴉嶋喰良的照片嗎？」

「有。」

黑衣簡短地回答後動了動右手，就像在滑一台巨大的平板。

接著空間的中心便投影出一道巨大的少女身影。

少女打扮華麗，粉紅色的頭髮，配上數不清的耳環與耳骨夾。此外還擺出猶如自拍的姿勢，對著鏡頭眨眼。

老實說這和現場氣氛實在太不相稱。

「……就沒有其他照片了嗎？」

「也不是沒有。」

聽見紅蓮堂的抱怨，黑衣再度動了動手。

接著空間中央投影出其他巨型照片。

第一章

本家捎來信　騎士急出行

穿著奇怪布偶裝的喰良。

扮成女僕的喰良。

衣服被史萊姆融化，差點就要被打馬賽克的喰良——

「行了。」

到頭來還是第一張最正常。紅蓮堂死心似的嘆了口氣。

「還有其他值得一提的事嗎？」

「有，她的術式【上上綺羅星（Influenstar）】能將『知名度』轉化為魔力——據說如此。亦即只要認識她、關注她的人越多，她的力量就會越強。」

「真傷腦筋。換言之，她連我們的戒心都能拿來利用嘍？」

「沒錯。不過——」

黑衣邊說邊動著手。

一段影片取代了原本的立體影像。

『——耶比～～！又到了克拉拉頻道的時間～～各位克寶～～今天也準備好跟我一起暈頭轉向嗎～～？

今天本小姐打算來做個實驗。

題目是：「不死者真的不會死嗎～～？」』

如此這般。

眾人議論中的魔術師鴇嶋喰良以輕快的口氣、誇張的肢體語言說道。

紅蓮堂見到這一幕，疑惑地皺起眉頭。

「……這是？」

「數小時前上傳至魔術師專用影片分享網站『MagiTube』的影片。」

黑衣垂下視線說道。

是的，喰良在公布自己身分、大鬧〈庭園〉之後，仍繼續上傳影片。

「我們已經請影片分享網站停掉她的帳號，但她還是用新申請的帳號或下屬的帳號突襲式地上傳影片，沒完沒了。」

聽見黑衣這麼說，紅蓮堂頭痛似的扶住額頭。

「……妳說這胡鬧的女人，就是神話級滅亡因子？」

『——不要以貌取人。』

回應紅蓮堂話語的，是一串沒有抑揚頓挫的電子音。

無色馬上就知道聲音來源——就像紅蓮堂剛發言時一樣，無色左側的景色也微微脈動起來。

出現在那兒的是宛如遊戲的像素圖空間。低解析度的畫面不停閃爍，一名駝背的男子蹲

第一章
本家捎來信　騎士急出行

坐在畫面中間。

他有著陰鬱的眼神和瘦弱的手腳，戴著皮革製口罩遮住氣色很差的面容下半部。

他是魔術師培育機構〈黃昏街衢〉的學園長，志黃守吠人。他的外表年輕，但和紅蓮堂一樣，也是被邀來參加會議的魔術師之一。

『這名少女是人類與〈銜尾蛇〉的結合體，將一百多名魔術師變成不死者並襲擊〈庭園〉。若這是事實，我們也只能接受。不必要的成見會讓判斷失準。』

「不用你說我也知道。不管對方是誰，我都不會大意。」

紅蓮堂有些煩躁地回應。

但志黃守毫不在意地繼續說下去：

『從外表來看的話，你就只是個可疑的中年男人。』

「你還是一如往常地多嘴。」

『我不知道你想給人怎樣的印象，但圓形墨鏡顯然太超過了。』

「一陣子不見，你話更多了！」

紅蓮堂忍不住提高音量。仔細一看，可能是因為難為情，他臉都紅了。

或許是想回應他們的互動，無色右前方的景色開始微微蠢動。

那裡看來像是在一棟豪奢的和風建築內。一道又一道的紙拉門依序打開，顯露出最深處的竹簾。

後方隱約可見一個靠著手邊肘枕的人影。

「——怎樣都好——」

竹簾後面傳來的是一道女聲。

——她是不夜城青緒，魔術師培育機構〈虛之方舟〉的學園長。

「首先應該釐清責任。

——對吧，龍膽小姐？」

「…………！」

聽見青緒這麼說，這空間的最後一人嚇得肩膀顫抖。

她是個十三四歲的少女，頭髮綁成一束，有著堅毅剛強的面容。原本讓人感到意志堅定的濃眉，如今因害怕而歪斜。

少女在這空間中顯得極為突兀。

原因很簡單——在座人士中，只有她不是魔術師培育機構的學園長。

她周圍那片以白色為基調的會議室景象也顯示出這點。寬敞的空間中，只孤零零地放著一張椅子。

少女名叫紫苑寺龍膽，是〈影之樓閣〉的學生魔術師。

第一章
本家捎來信　騎士急出行

身為學生的龍膽之所以被邀來這裡，原因有二。

一，她是〈樓閣〉學園長紫苑寺曉星的直系玄孫。

另一點則是因為——在先前的事件中，許多〈樓閣〉的重要魔術師都被喰良變成了不死者。

「彩禍小姐沒能逮到鴇嶋喰良是事實……但那是因為鴇嶋喰良利用自己的不死特性，戰敗逃亡。〈庭園〉遭到上百名敵人突襲，仍將對方擊退。這樣的本事值得讚賞，無須太過苛責。」

青緒探頭望向龍膽的臉，接著說下去：

「——然後呢？〈樓閣〉到底在做什麼？連學園長在內共有上百名魔術師變成〈銜尾蛇〉下屬，都沒人發現異常嗎？」

「關、關於這點……」

青緒帶刺的言語使龍膽支吾其詞。

但青緒並不打算放過她，繼續說道：

「龍膽小姐，能不能告訴我？妳高祖究竟是什麼時候墮落成醜陋的不死者？還是說事到如今，妳連這點都不清楚？

真是的——紫苑寺老爺子真讓人傷腦筋。若只是不中用倒還好，竟然成為滅亡因子的手下，對抗人類。要是他肯安分地死去就好了，總比現在這樣好得多。」

「…………唔——」

這句話讓羞愧地低著頭的龍膽目光突然變得銳利，抬起頭來。

「身為〈影之樓閣〉代表代理人的我……對此感到很抱歉——也十分慚愧。不管是怎樣的批評、指教，我都概括承受。

但是——請您收回對我高祖父的侮辱……！」

龍膽的聲音隱含著憤怒說道。

她的手微微顫抖，臉上也冒著冷汗——這很正常。她雖感到憤怒，但對方畢竟是魔術師培育機構的首長。身為學生的她本來不該反駁如此位高權重的人，她心中自然會充滿緊張和恐懼。

但青緒拿起手中的扇子搧了搧，對龍膽的決心一笑置之。竹簾後方的身影隨之搖曳。

「侮辱？這話真奇怪。對〈樓閣〉來說陳述事實就是侮辱嗎？不然我該怎麼說？紫苑寺曉星身為學園長，卻蠢到沒發現學生的突襲？喔——還是說，他對鴇嶋喰良有非分之想？原以為他已經年老力衰，想不到精力如此旺盛。」

「……唔！」

龍膽再也忍無可忍，將椅子往後方撞倒，猛地站起身。

接著她讓重心深深下沉，使手和肩膀浮現兩片閃亮的圖騰。

——界紋，現代魔術師使用顯現術式時會出現的圖案。

「第二顯現——【隕鐵一文字】……！」

喊出招式名稱的同時，她的腰際便出現一把粗獷的太刀。

第二顯現，能將魔力化為物質的第二種顯現術式。

可見龍膽已在青緒面前進入備戰狀態。

「……哎呀？」

看見那模樣，連冷靜的青緒也換了副語調。

「妳想做什麼？就算是在『這裡』，拿武器對著人也不是鬧著玩的。或者連妳也被〈銜尾蛇〉收服了？玄孫和高祖果然一個樣呢。」

「不准————再說下去了！」

龍膽發出怒吼，蹬地狂奔。

她似乎用了什麼術式，速度快如子彈，直線朝青緒衝去。

「哦——」

不過青緒仍不慌不忙地搖著扇子。

於是，隨著她的動作，竹簾前方出現巨大的鳥形藍色鬼火。

步步逼近的龍膽；迎擊的青緒。幾秒鐘之後，她們的顯現體就會激烈碰撞。

這時——

「彩禍大人。」

「——嗯。」

聽見黑衣的呼喚，無色將手掌一翻，下個瞬間……

就像要阻隔龍膽和青緒——

一棟上下顛倒的摩天大樓從天空朝兩人中間墜落。

「咿……！」

「哎呀——」

巨大的建築物掠過龍膽的鼻尖插入地面，粉碎世界的界線，最後溶入空氣般消失不見。

「——兩位，冷靜點。」

無色出聲安撫兩人。他的喉嚨發出明顯不像男聲的聲音。

不過這沒什麼好奇怪的。

因為無色現在——「並不是無色」。

他有一頭披散在額上、肩上的亮麗長髮。

所有部位都由黃金比例構成的端正面容。

以及坐鎮在正中央的奇幻五彩雙眸。

沒錯，現在在這裡的不是男高中生玖珂無色，而是統領魔術師培育機構〈空隙庭園〉的魔女，久遠崎彩禍。

「——龍膽。」

「是……是的。」

聽見無色喊自己的名字，龍膽有些破音地回答。

「我明白妳的心情，但妳該對付的不是她。能不能看在我的面子上，把刀收起來？」

「啊——很、很抱歉……！」

龍膽回過神來順從地低下頭，解除界紋和太刀。

無色確定她照做後，轉頭望向青緒。

「——青緒，妳也是。不管怎樣，這麼說都太超過了，快向龍膽道歉。」

無色說完，青緒若無其事地點了頭。

「也對，我說得太過分了。對不起。」

「…………不會。」

龍膽似乎尚未平息怒火，但理解到自己剛才的行動有問題，便一臉不情願地如此回應。

事情雖然稱不上和平落幕，好在兩人都斂起了自己的氣焰。

紅蓮堂和志黃守看到後紛紛做出回應。

「妳們兩個真的別鬧了。既然都是魔術師，何必爭執這些？」

『哎，我們現在身處在「這裡」，吵一下又有什麼關係？我倒有點好奇，年輕魔術師會如何挑戰大名鼎鼎的不夜城青緒。』

「你啊——」

才一下子沒注意，這次換他們倆快吵起來。無色大聲清了清喉嚨以吸引眾人的注意。

「就讓我們來商討具體的對策吧。

——〈銜尾蛇〉鴇嶋喰良非除掉不可，請各位貢獻一己之力。」

後來又過了六十分鐘，學園長會議才結束。

老實說，會議內容無色大多聽不懂，但他仍努力維持從容的表情。每當遇到不知如何回答的問題時，就深深點頭詢問黑衣的意見。這是他們事先決定好的暗號。

無色來到〈庭園〉才沒多久，黑衣本來就不期待他有完美表現。他在這場會議中最重要的任務，就是讓其他學園長知道彩禍依然健在。

「——好，會議差不多告一段落。之後就麻煩各位了。」

確定議題都討論完後，無色環顧眾人說道。

這句話相當於宣告閉會，學園長們紛紛表示同意。

「好的，那我就先失陪了——希望下次見面討論的是和平一點的議題。」

紅蓮堂說完彈了手指。

隨著他的動作，其身影連同所在的紅色空間全都如霧靄般煙消雲散。

最後只剩下樸素的會議室畫面。

『那麼，我也告辭了，詳細資料我之後再傳給大家。』

接著發言的是志黃守，他以帶有些微雜訊的電子音這麼說的同時，身體逐漸被方格雜訊吞沒。

不久後，志黃守和圍繞著他的空間也像紅蓮堂那樣完全消失。

「……喔、喔喔……」

龍膽望著那一幕發出讚嘆後，忽然意識到無色他們的視線，嚇得抖動肩膀。

「那個，我也告辭了。」

「好，感謝妳特地撥空參加。」

「不會……我才抱歉給各位添麻煩了。」

她帶著歉意說完，來回看了看紅蓮堂、志黃守剛才所處的空間後，怯怯地開口：

「……不、不好意思，請問正常退出就可以了嗎？」

「當然。」

見龍膽有些不安地詢問，無色點頭回應。她可能是因為見到那兩人非常魔幻的離場方式，認為自己也得做些什麼吧。

那模樣莫名可愛，讓無色差點忍俊不禁——但他還是忍住了。要是真的笑出來，肯定會讓她覺得更羞恥。

「那麼……」

龍膽恭敬地行完禮，以生硬的動作走向後方。

但又突然想到什麼似的停下動作，轉頭望向無色。

「我高祖父——紫苑寺曉星應該還活著吧？」

「是的，畢竟就算想殺他也殺不死。」

回話的人是黑衣。這句話某方面聽起來像笑話或諷刺，但她的口氣一點都不像在開玩笑——而且她說的也是不爭的事實。

這回答讓龍膽苦惱地皺起眉頭。

「冒昧一問，我能否和他會面——」

「主要得看妳找他有什麼事，如果只是想見他一面，我不建議妳這麼做。若妳尊敬紫苑寺老先生，更是如此。」

「…………」

龍膽用力咬著牙，重新面對無色他們。

「……儘管勢單力薄，我會盡自己的全力，一定會打倒〈銜尾蛇〉——鴇嶋喰良。」

她下定決心說完，瞪了青緒一眼，接著再度向無色深深鞠躬後離開現場。她的身影就此消失。

看到這一幕，留在現場的最後一人——不夜城青緒，在竹簾後方悠悠地開口：

「——年輕真好。」

她搧著扇子繼續說：

「我好久沒像她這樣，對不公不義的事感到義憤填膺。不……正確來說，或許已經習慣了吧，所以有點羨慕她。」

「妳的口氣聽起來不像羨慕。」

無色瞇著眼提醒青緒，她便微微聳了聳肩。

「我其實並不討厭她。」

「真的嗎？」

無色挑眉問道。不討厭還能咄咄逼人到那種地步，就某方面來說也是天才了。

「嗯，那當然。」

青緒說著輕輕點頭後，又說了聲「不過」。

「紫苑寺老爺子則另當別論，我對他充滿鄙視和厭惡。他好歹也是學園的管理者，怎麼能歸順滅亡因子，反過來襲擊人類？這種人死不足惜——不過問題或許就在於他死不了。」

「……沒必要說得這麼難聽。神話級本來就和其他滅亡因子不同，遠超出我們的常識。這種事妳應該深有體會吧？」

「…………」

聽見無色這麼說，青緒安靜了一下。

這是他事前從黑衣那裡得知的資訊——青緒過去曾和彩禍共同對付神話級滅亡因子〈利維坦〉。

「……正因如此，我才會這麼說。我們絕不能敗給滅亡因子，不論發生什麼事、不論我們怎麼做。

奮戰沒有意義，稱讚也沒有價值。魔術師界不存在最佳勇氣獎。我們必須隨時拿出成果才行——對吧，彩禍小姐？」

「青緒……？」

無色在青緒的聲音中感受到深深的憎惡，便微微皺眉。

「…………？」

於是，青緒的身影像是察覺到什麼不對勁而歪過頭。

「——妳是彩禍小姐沒錯吧？」

「…………！」

突如其來的話語讓無色心臟猛跳。

——她該不會看穿無色的真實身分了吧？

無色憑著驚人的專注力和幾近偏執的觀察力，盡量模仿彩禍的言行舉止，但世上畢竟沒有完美的事物（除了彩禍的容貌以外）。她或許是在無色意想不到之處發現了異樣。

她的臉被竹簾遮住，看不見表情。無色懷著求救的心情望向黑衣。

「…………」

然而黑衣仍舊面無表情，靜靜觀察兩人的互動。

無色一瞬間還以為她對此死心了——但並非如此。

原來她是在為無色親身示範「烏丸黑衣」會怎麼做。

看見她的回應後，無色勾起嘴角。

「……一陣子不見，妳變得有幽默感了呢。還是說我美到和之前判若兩人了呢？」

「…………」

青緒愣了一會後，輕嘆口氣。

「抱歉，問了怪問題。」

「不會，別放在心上。」

無色掩飾內心的慌亂說完，青緒便轉換心情說下去：

「剛才已經說過，能和妳久違地說到話真是太好了，彩禍小姐——如果不是在這種狀況下，我就能更熱烈地歡迎妳了。」

「是啊——妳說得沒錯。下次來辦場茶會吧，我會準備上好的紅茶和杯子蛋糕的。」

「呵呵，真令人期待。衷心希望那會是打倒〈銜尾蛇〉之後的慶祝會。」

對了——青緒換了個話題。

「——瑠璃過得還好嗎？她都不寫信回家。」

聽見對方突然提到的名字，無色的眉毛差點抽動了一下。

這反應很正常。畢竟被提起的這個名叫不夜城瑠璃的學生是無色的妹妹。

不過，無色早就料到兩人的對話中會出現這個名字。

因為青緒的姓氏也是不夜城。

無色過去並不知道自己母親出身的不夜城家，其實是魔術世界赫赫有名的名門。

換言之，雖然不清楚具體關係，青緒就相當於瑠璃和無色的親戚。

「嗯，不用擔心，她每天都過得很開心——實力也強得沒話說，魔術師等級達到了S級。有她在我也輕鬆不少。」

「哦……這樣啊。」

聽見無色這麼說，青緒意味深長地應了聲。

「那就好。她當初算是硬要進〈庭園〉，要是什麼成果都沒有可就傷腦筋了。」

青緒說完，感慨地抬起頭。

「這樣想想——真是還好『有趕上』。」

「嗯？」

「沒事。」

青緒像在掩飾什麼，用扇子遮住嘴。但其實不必這麼做，她的臉也已被竹簾擋住。

「那麼，我差不多也該告辭了。」

「好……下次再見。」

「好的……絕不能讓神話級滅亡因子囂張跋扈，非打倒不可——我也會盡己所能。」

青緒最後留下這麼一句話，和周圍的景色一同像被藍色火焰灼燒般消失。

——於是，現場只剩下無色和黑衣兩人。

「…………呼〜〜」

無色認知到這點，幾秒之後才放下心中大石，鬆了口氣。

與此同時，他所坐的橫向摩天大樓也消失，周圍景色恢復正常。

兩人所在的是一間單調的會議室。空間雖大，裡頭的東西卻很少，看起來格外空曠。

「辛苦了。」

身後傳來黑衣的慰問。無色苦笑著轉頭望向她。

「……這樣不知道行不行，對方最後好像有點懷疑我。」

「不夜城學園長總是那種態度，就連彩禍大人在的時候，她也常說些別有深意的話，或是無謂地試探他人。」

「……原來如此。」

無色苦笑著再度嘆了口氣。

「話說回來——真教人捏把冷汗。」

他說著回想起剛才眼前的場景，仔細端詳自己的右手。

以五種顏色區隔開來的空間；龍膽與青緒的爭執；彩禍用以阻止她們的摩天大樓——就無色看來，在那樣的激烈衝突下，就算有人喪命也不奇怪。他到現在仍心有餘悸。

黑衣卻以平靜至極的態度回應他。

「放心。就像我先前說明的，參與會議的人實際上並不在這裡。放任她們吵架確實不妥，我才會請您出手阻止，但就算她們刀劍相向也不至於喪命。」

是的，無色眼前的這個空間是用魔術投影出來的。

就像是魔術師的視訊會議。這個房間被施予術式，會根據參與者的魔力變換風景。

「但妳也說我們有部分意識連結到這個空間——對吧？還說若在這裡受到強烈的刺激，會反映在身體上。」

「總之不至於喪命。」

「……是嗎？」

黑衣斬釘截鐵地這麼說，令無色冒出冷汗。

不過黑衣似乎真的認為這沒什麼。她說了聲「言歸正傳」，改變話題。

「雖說能採取的行動有限，方針既已擬定，我們儘管做好自己能做的事就行了。」

「能做的事——嗎？」

「是的，先來修練魔術吧——提升實力是當務之急，這樣才能自在運用彩禍大人的術式，也才能使出屬於你自己的魔術。即使找到鴇嶋喰良，若打不過她也沒用。」

她說著看了一眼手錶。

「幸好會議提早結束，時間還算充裕。現在趕過去應該還來得及上第一節課，趕緊準備吧。」

「準備？」

「你在裝什麼傻？我們明明進行過很多次了。」

黑衣瞇著眼說完，隨即伸手環住無色的脖子，將雙脣湊到他耳邊。

「——還是說，你比較喜歡我主動？」

「…………！」

她用魅惑的語氣對他低語，彷彿在搔刮他的耳朵。這突如其來的舉動讓無色不由得忘了呼吸。

黑衣一改先前身為侍從的態度，那調侃無色的口吻簡直和無色扮演的彩禍如出一轍。

這也是理所當然。

因為黑衣才是「真正的久遠崎彩禍」。

是的，世上本來沒有「烏丸黑衣」這個人。她是彩禍創造的不具靈魂的實驗用人造人(Homunculus)。

一個月前，彩禍因某起事件重傷瀕死。她在意識完全消失前，將自己的靈魂轉移到黑衣這具義骸上。

換言之，這裡同時存在「與彩禍的肉身合體的無色」，以及「附在黑衣身上的彩禍」。

而她所說的「準備」，就是讓無色的身體恢復成原來的狀態。

無色的身體如今隨時散發魔力，倘若散發的魔力量遽增，身體就會為了抑制魔力流失而切換成魔力量較少的安全模式——亦即無色的身體會發生存在變換。

方法就是「這個」。

魔力與精神密不可分。

也就是說只要處於極度興奮的狀態，魔力流出量就會增加。

「呵呵，真是個壞孩子。看來該給你點處罰了——」

「啊、啊啊……不要……」

正當無色和黑衣紅著臉辦正事時——

「——那個，不好意思，剛才忘記詢問一件事。關於報告書中提到的這位『玖珂無色』同學……」

房間一角突然傳來沙沙的雜訊，先前已離場的〈樓閣〉代表代理人——紫苑寺龍膽怯怯地現身。

「啊。」

「咦？」

「…………唔咦？」

她一看見無色和黑衣，隨即漲紅了臉。

「咦——那、那個，很、很抱歉！打、打擾了——————！」

龍膽慌張地胡亂揮了揮手後，逕自消失無蹤。

「…………」

「…………」

留在房中的無色兩人愣了幾秒——

「啊……」

而後無色的身體泛起淡淡光芒，變成一個容貌中性的男高中生——也就是玖珂無色本來的面目。

要是存在變換再早個幾秒，龍膽可能就會目擊這一幕。真是千鈞一髮。

黑衣瞇起眼睛觀察無色一會後，疑惑地開口：

「……難道你比較喜歡在別人的注視下做這件事嗎？」

「妳誤會了！」

無色忍不住大叫。

◇

位於東京都櫻條市的魔術師培育機構〈空隙庭園〉大致分為五個區域。

研究大樓林立的東部區域。

實戰訓練場地密集的西部區域。

宿舍和商業設施所在的南部區域。

以彩禍的宅第與私人機構為主的北部區域。

以及中央校舍所在的中央區域。

無色和黑衣走出位於北部區域的特別會議大樓，沿著校內鋪設的道路走向中央區域。

越接近中央區域，道路越寬，可以見到鬱鬱蒼蒼的樹木以及各式各樣的建築。他們平常幾乎都是從南部區域的學生宿舍走向中央校舍，因此對眼前的景色感到有些陌生。

不過——陌生的原因不止於此。

「……校內設施果然還沒完全復原。」

恢復成原本外貌的無色走在校內道路上，喃喃自語。

前方有部分道路和設施崩塌，幾名工人正在進行修復作業。

那應是在先前事件中遭到破壞的痕跡。

「看來如此。」

聽見無色這麼說，走在他身旁的黑衣回應。

她的口氣和態度完全變回平時那個冷淡的侍從。無色希望她能更自然地和自己交談，但她不想露出任何破綻導致身分暴露，因此平常都像這樣扮演烏丸黑衣。

「交流賽時校內設施本來就容易受損，只是這次受損規模較大，需要較多時間修復——要是『希爾貝爾』還在，修復作業或許能更有效率地進行。」

「是啊——」

無色聽見這個名字，發出細長的嘆息。

希爾貝爾，全權管理〈庭園〉資料庫與安全系統的人工智慧。

在先前的事件中，它和〈樓閣〉的學生們一同落入喰良手中，化身為敵人。亦即連〈庭園〉自身的設施都意圖謀害主人。無色如今回想起來，還是覺得背脊發涼，慶幸自己能活下來。

既然是人工智慧，應該能修復……但事件落幕幾天後仍不見它的蹤影。

「可能還沒修好吧，總覺得有點想念——」

無色說到一半瞪大眼睛。

道路前方走來一個熟悉的人影。

「……？怎麼了，無色先生？」

「呃，那是……」

無色愣愣地指向前方。

那兒有個年約十八歲的美少女，晃著一頭快要碰到地面的銀色長髮，以及幾乎要撐破衣服的豐滿胸部，以緩慢的步調走來。

不會錯。那正是〈庭園〉管理AI希爾貝爾在與人溝通時所用的立體影像。

「…………，…………，…………」

希爾貝爾似乎沒注意到無色他們，小聲地嘀咕些什麼，直直往前走。

不過，她畢竟是立體影像，雙方應該不會撞上——

然而……

「咦？」

下個瞬間，無色發出驚呼。

原因很簡單。因為他伸向前方的手指碰到了希爾貝爾的胸部。

「…………………？」

希爾貝爾遲了一拍顫抖了一下，些微震動透過她的胸部傳到無色的指尖。

「……哇、哇哇哇哇……」

接著一陣細如蚊鳴的聲音傳來。無色疑惑地皺起眉頭。

「有實體……？不，怎麼可能？這到底是——」

「無色先生，你先把手放下再說。」

「啊。」

經黑衣這麼一說，他才回過神，連忙放下碰到希爾貝爾胸部的手。

「不、不好意思。」

無色說完，希爾貝爾也小聲回話，音量小得不仔細聽就會遺漏。

「……不、不會……沒關係……嗚嘻……唔、我只是有點嚇到……反而是我該道歉，讓你摸到這種糟糕的東西……我剛才在想事情……」

她說著額頭上冒出汗水，露出僵硬的笑容。

無色有一瞬間還以為她是在對自己無禮的行為生氣……看來並非如此。真要說的話，應該是因為不習慣微笑才會這樣。

這時他才意識到站在那兒的不是自己熟悉的希爾貝爾。

不，她的長相和身材確實與希爾貝爾無異；然而身上的衣服、表情和散發出來的氣質都和希爾貝爾天差地遠。

AI希爾貝爾是身穿一襲白色長袍，總是面帶沉穩的微笑，是個宛如聖女的鄰家大姊姊（自稱）。

而無色面前的這名少女，五官雖與希爾貝爾一致，身上穿的卻是哥德蘿莉風洋裝，裸露程度極低，但綴有許多荷葉邊。她的背很駝，瀏海又長，從某些角度只能看見半張臉。此外視力似乎也不太好，臉上戴著細框眼鏡。手裡拿了把陽傘，厭惡陽光似的縮著肩膀。

若說希爾貝爾是陽，她就是陰。兩人的氣質完全處於兩個極端。

正當無色感到混亂時，黑衣開口向他說明：

「——無色先生，她雖然長得很像，但並非管理AI希爾貝爾。」

「呃……是。看樣子確實如此。那麼她是——」

無色望著少女說完，黑衣隨即理解他的意思，接著說下去。

「——她是賀德佳．希爾貝爾騎士，管理AI希爾貝爾的創造者，〈庭園〉的技術部長，也是〈騎士團〉的成員。」

「……！希爾貝爾的……創造者……？而且還是騎士——」

見無色瞪大雙眼這麼說，賀德佳抖了一下肩膀。

但隨後又……

「嗚、嗚嘻嘻……」

像要掩飾尷尬般生硬地笑了。

她果然很不習慣在人前展露笑容。

「……那個，黑衣，她真的是騎士嗎？」

無色以賀德佳聽不見的音量向黑衣低語。

——〈騎士團〉是彩禍直轄的特務部隊，也是〈庭園〉最強的一群魔術師。

這麼說或許有些失禮，但無色認識的〈騎士團〉成員都有點異於常人。

黑衣明白無色想問什麼，便回答他的問題。

「——入選〈騎士團〉的必要條件為魔術師等級、曾立下的功勞，以及彩禍大人的喜好，並非只取決於實戰能力的強弱——而且賀德佳騎士開發出全權管理〈庭園〉安全系統的AI，就這點來看，她或許是〈騎士團〉中最常保護學生的成員。」

「原來如此——」

無色為自己的思慮淺薄感到慚愧，並再次體認到彩禍是如何慧眼獨具。他悄悄垂下眼眸，忍住差點奪眶而出的淚水。

「呃、呃呃……你怎麼了……？」

賀德佳歪起頭，對無色的反應感到疑惑。

「啊，沒事。」

當然不可能讓對方知道。無色為了掩飾自己，提出一個好奇已久的問題。

「對了，為什麼希爾貝爾總是要求別人叫她『姊姊』呢？」

這只是為了轉換話題而提出的疑問，但他從以前就對此感到不解。

因為AI希爾貝爾對於姊姊身分懷有強烈執著，要求大家叫她「姊姊」，不僅對學生如此，連老師也不放過。若不這麼稱呼她，她就不回答問題，甚至會有點鬧彆扭。這樣的個性以管理ＡＩ來說有點麻煩。

「…………！」

無色才說完，賀德佳的身體便大幅顫抖。

「不、不知道……」

「咦，但它不是妳創造出來的嗎……而且和妳長得一模一樣……」

賀德佳聞言「唔……！」了一聲，並皺起臉。

「不關我的事……我為它導入自我學習程式後，不知不覺就變成那樣……竟然說要成為全人類的姊姊……？真搞不懂……而且……創造出與人溝通用的立體影像當然沒問題，但為什麼要以我為原型……？好丟臉，真想叫它別這麼做……」

「無色先生。」

見賀德佳眼眶泛淚，黑衣出聲提醒無色。

「請不要為難她。她能力雖強，但個性相當纖細敏感。」

「啊……抱、抱歉……」

無色道歉之後，賀德佳回應：「沒、沒關係……」然而聲音聽起來並不像真的覺得沒關係。

黑衣清了清喉嚨，改變話題。

「——話說賀德佳騎士竟然這麼早出門，還真是少見。」

「……啊、那個、我是為了……修復希爾貝爾……」

賀德佳吞吞吐吐地回應黑衣的問題。後半段聽不太清楚，不過似乎是想表達自己正趕往某處，準備修復希爾貝爾。

「還需要一些時間才能修好是嗎？」

「呃……對、對啊……」

賀德佳微微點頭後，回答黑衣的問題。

「……那個神話級滅亡因子……是叫……〈銜尾蛇〉對吧？……希爾貝爾的中樞用了一些活體零件……我猜測應該是那部分被〈銜尾蛇〉之力變成了不死者。想讓它完全恢復原樣……幾乎不可能……只能以外部備份為基礎，重新建構希爾貝爾……這段期間的安全管理，必須使用舊版ＡＩ和人力……」

她開始滔滔不絕地說明。

她聲音很小，講話速度又快，很難聽清楚在說什麼，總之希爾貝爾應該還要花些時間才能復原。而且即使復原了，恐怕也不會完全等同於無色等人認識的那個希爾貝爾。

「這樣啊……」

聽見無色失落的語氣，賀德佳肩膀微微一顫。

「怎、怎麼了……？」

「沒什麼……只是想到再也沒辦法和希爾貝爾對話，有點感傷而已。雖說我們認識的期間不長，但它對我照顧有加……」

「…………」

賀德佳聞言，一瞬間驚訝地睜大雙眼。

就在這時，中央校舍的鐘聲好巧不巧地響起。看來無色他們在路上耽擱了比預想中更久的時間。

「哎呀，已經這麼晚了啊。賀德佳騎士，我們還要上課，先失陪了——快走吧，無色先生。」

「啊——好的。那麼失陪了，抱歉剛才撞到妳。」

「咦……啊……不會……」

無色和黑衣正準備離開時，賀德佳忽然叫住他們。

「請、請等一下……」

「……？是，有什麼事嗎？」

無色停下腳步，賀德佳支支吾吾地說下去：

「那個……雖說希爾貝爾有一部分用了活體零件……它畢竟還是ＡＩ……構造和人類相去甚遠……儘管說是外部備份，也只是有數個記憶體的意思……」

「咦？」

他不明白賀德佳在說什麼而歪過頭。於是對方「嗚、嗚嗚……」幾聲後陷入沉默。

黑衣替她補充說明：

「──也就是說，即使很難完全恢復，希爾貝爾修好後也不會因此就變成另一個人，請你放心──應該是這個意思吧？」

「……沒、沒錯。」

賀德佳點頭同意黑衣的解釋。

「它、它雖然是個奇怪的ＡＩ……依然是我可愛的孩子……謝謝你和它和睦相處……」

「別這麼說，我才要謝謝妳。」

「不……呃……嗚嘻嘻……」

無色道了謝，賀德佳便再度露出生硬卻又有些開心的笑容。

◇

這裡雖是魔術師培育機構，但既然有老師和學生，且是傳授知識的園地，課程型態便和「外面」的學校相差無幾。

連在課表安排上也不例外。早上開完班會後上第一至第四節課，午休結束後上第五、六節課。

也就是說——

在校舍外聽見上課鐘聲的無色和黑衣徹底遲到了。

「啊，玖珂同學、烏丸同學，早安。」

無色和黑衣進入教室，有位女同學注意到他們，打了聲招呼。她將蓬鬆的頭髮整齊地紮好，有著溫婉的外貌。她是與兩人同班的嘆川緋純。

「早，嘆川同學。」

「早安。」

無色微微舉起手回應。

看樣子老師還沒來，眾人不是在和朋友聊天，就是在為上課做準備。兩人進教室的時間正好是班會與第一節課之間的空檔。雖然很可惜沒趕上點名，幸好不是在上課中途闖入。

「——你們好慢喔。」

和緋純相反，以冷淡的口氣向兩人搭話的，是一位將長髮綁成雙馬尾，看起來好勝心很強的少女。

她是不夜城瑠璃，也就是無色和青緒對話中提到的無色的妹妹。

「你們也太鬆懈了吧，到底有沒有身為魔術師的自覺？

——呃，不過我壓根兒就不認為無色是魔術師！」

瑠璃連忙補了一句。無色轉入〈庭園〉已經一個多月，瑠璃如今還是想讓他放棄當魔術師。

一談起這件事雙方就會各執一詞，沒完沒了。無色只好面露苦笑，刻意避開這個話題。

「嗯，抱歉，瑠璃，我們有點事要處理。」

「有事要處理？什麼事？」

「呃……一言難盡。」

他當然不可能告訴對方自己化身成彩禍，出席了學園長會議。無色瞄了黑衣一眼，含糊帶過。

見無色露出這種反應，瑠璃一臉困惑——而後像是突然意識到什麼，肩膀抖了一下。

「對、對了，你怎麼會和黑衣一起上學！你們兩個做了什麼！」

她紅著臉指著兩人問。

無色沒想到她會有這種誤會，瞠目回答：

「沒、沒有啦，我們什麼都沒做！」

「……真的嗎？」

「真的！」

「……她沒有從背後抱住你，用魅惑的聲音在你耳邊低語？」

「………………沒有。」

瑠璃彷彿目睹了剛才的場景，描述得極為精準，令無色不禁別開目光。

從瑠璃的表情看來，這應該只是巧合……但她的直覺實在準得嚇人。

「為什麼語氣這麼僵硬！你看著我說啊！」

「沒、沒有……真的不是妳想的那樣！對吧，黑衣？」

無色被瑠璃抓住肩膀猛晃，再度對黑衣投以求救的眼神。

於是黑衣以平時絕不會顯露的可愛神態，嬌羞地移開視線。

「是的……這樣回答就行了吧，無色先生？」

「無～～～色～～～～——————！」

「咦……咦咦？」

黑衣的反應讓瑠璃雙眼犀利地亮了起來。

——他想起來了。彩禍平時都在扮演沉著冷靜的女僕，但其實有時很喜歡像這樣惡作劇。好可愛。

然而，無色現在沒有多餘的心力盡情感受她的調皮性格。瑠璃加重力道，激動地吐出一長串的話。

「這是怎麼回事，無色！你們一大清早到底在幹嘛！——咦？難道從昨天晚上就開始了？兩個人都睡眠不足，才會遲到？嗚哇啊啊啊啊啊啊啊！哥哥是笨蛋〰〰〰〰！你不是說長大之後要跟我結婚嗎〰〰〰〰！」

「冷、冷靜點，瑠璃……！最後那句話說出來不太好吧？」

「……咦？」

瑠璃在緋純提醒下停下動作。

她轉了轉眼珠回想自己說的話——隨後雙頰漲紅。

「…………無色，剛剛那句話你聽見了嗎？」

「咦？妳說結婚那段？有啊，小孩子嘛，總會輕易做出那樣的承諾——」

「嗚——！嗚嘎啊啊啊啊啊！」

無色本來可以裝傻的，但突然被這麼一問，他就下意識老實地回答。

瑠璃臉變得更紅，抓起無色的手並用腳勾住他，使出高超的關節技。

「……？……！」

無色連自己的身體處在什麼狀態都不知道，只感覺到全身被勒緊。他意識模糊，聽見自己的喉嚨發出微弱的哀號。

「這樣不行，不夜城騎士。請妳冷靜一點。」

「就、就是說啊。快放開玖珂同學——」

「妳得用手臂環住他的脖子才能讓他昏過去。」

「烏丸同學！」

聽見黑衣這麼說，緋純嚇到破音。

然而不知是意識到自己太過分，還是已對瑠璃的反應感到心滿意足，黑衣輕嘆口氣後，替無色拍了拍瑠璃的肩膀。

「開玩笑的。我和無色先生只是在路上偶然遇到。」

「……真、真的嗎……？」

瑠璃會架住無色主要是因為剛才失言提及結婚的事，但黑衣這番話仍有助於平息瑠璃的怒火。

她手腳力氣一鬆，總算放開無色。無色乏力地癱倒在地，數秒後才搖搖晃晃地坐起身。

「沒、沒事吧？玖珂同學……」

「還、還好……」

無色回應緋純的關心後，瑠璃終於恢復冷靜，尷尬地朝無色伸出手。

「……抱歉，剛才有點太激動了。」

「只是有點而已嗎～～……」

無色露出苦笑，拉著瑠璃的手站了起來。瑠璃天天以〈庭園〉魔術師身分奮戰，她的手同時具備少女的纖細和戰士的強韌，有股奇妙的觸感。

這時──

「……嗯？」

無色忽然睜大了眼。

原因很單純。只因為一個陌生物體從教室窗戶縫隙飛了進來。

那是隻翅膀宛如火焰搖曳的藍色小鳥──不，應該說是小鳥形狀的火焰較為正確。它的鳥喙啣著一封信，輕盈地在空中飄舞。

「那是──」

無色的視線和聲音讓其他人注意到這個小訪客。眾人一同朝它望去，紛紛有所反應。

「……使魔？還真稀奇──」

瑠璃微微皺眉說完，小鳥便將口中的信扔到瑠璃手中。

隨後像任務達成般，消融在空氣中。

「給我的……信？」

瑠璃拿起那封信疑惑地仔細端詳。信封正面確實寫著「不夜城瑠璃小姐收」。

初次見到這種光景，無色略顯興奮地開口：

「好酷喔。魔術師都是這樣寄信的嗎？」

「我們才不會這樣。」

「咦？」

瑠璃無情地回應，令無色愣愣地瞪大雙眼。

「以前或許會這麼做，但現在大家都用魔術師專用應用程式，或是電子郵件溝通。這樣更快、更確實，也更簡便。為了傳達幾百字的資訊消耗魔力，也太沒效率了。」

「確實……沒錯。」

無色想起彩禍以前也說過類似的話。她說即使時代進步，仍有不少傳統派魔術師偏好紙本。

「不過這麼做也不是完全沒有優點。如果體積小得像一張符咒就能寄送實體，也不會在伺服器留下紀錄。還有——你剛才的反應也是重點之一。」

「我的反應？」

「你看到使魔送信來，不是說『好酷！』嗎？就是這反應。重點正在於看起來帥氣。」

「看起來帥氣……就只有這樣？」

「『帥氣』在魔術領域中還挺重要的，因為魔力和精神密切相關。你應該也覺得比起古怪的魔術，帥氣的魔術更令人亢奮吧？情緒起伏對魔力輸出有不小的影響。意識到自己竟能使出這麼厲害的魔術，能讓人更有自信。

因此在傳達重要事項或一些講究禮法的活動在發布通知時，還是會用這種方式。」

「原來如此……」

無色點頭表示理解。

「謝謝妳，瑠璃。妳讓我上了一課。」

「是、是喔，用不著那麼——欸！」

這時瑠璃像是意識到什麼，肩膀顫動。

「上什麼課啊！不要擅自偷學好嗎！」

「這麼說就太誇張了啦，瑠璃……」

緋純臉頰流著汗露出苦笑，接著望向瑠璃手中的信。

「對了，那是什麼信？」

「嗯……噢，對耶，不知道有什麼事。那應該是本家的使魔……」

瑠璃說著拆開信封，取出裡頭的一張信紙。

第一章

本家捎來信　騎士急出行

而後讀起那封信——

「什、什、什……」

她雙手顫抖，發出慘叫。

「這～～～～～～～什麼鬼啊～～～～～～～————！」

「瑠、瑠璃……？」

「到底怎麼了……？」

無色等人被她突如其來的反應嚇到，瑠璃本人也莫名其妙，將信甩在一旁的課桌上。

「不要問我怎麼了……我也不知道！為什麼、突然說這些……！」

她說著指向那封信，催促無色等人閱讀信上的內容。

無色他們照她的意思，探頭望向信紙。

「這、這是……！」

「咦——咦咦……！」

「……嗯。」

有的人和瑠璃一樣面露慌張，有的人皺起眉頭。

不過這也是正常的事。突然看到這樣一封信，任誰都會有類似的反應。

——信上以優美的字跡寫著下列這段話。

3

King Propose
lapis lazuli
colors knight

『不夜城瑠璃小姐
妳的婚事已定，在此由衷祝賀。
請速速返回不夜城本家舉行婚禮。
不夜城青緒』

第二章　魔女征千里　深海龍宮城

「無色先生。」

「…………」

「無色先生。」

「…………」

「啊，彩禍大人竟然罕見地身穿和服，出現在那裡。」

「咦，在、在哪裡？」

這突然的消息傳入無色耳中，使他抬起頭來。

但映入眼簾的不是身穿和服的彩禍，而是瞇著眼的黑衣。

不過仔細想想，這也是理所當然。因為彩禍的身體已與無色融合，既然無色在這裡，彩禍當然不可能出現。

「你明明聽得見嘛。我叫你好幾次了。」

黑衣略顯不悅地噘起嘴。無色連忙向她低頭道歉。

「……不好意思，我剛剛在發呆……」

「可是你卻對彩禍大人的名字有反應。」

「就算在發呆，若身旁發生大爆炸應該還是會注意到吧？」

「不要把彩禍大人當爆裂物。」

黑衣傻眼地說了。

——不過無色自認這樣的形容很精準。身穿和服的彩禍……若將其破壞力換算成TNT，應該有二．五千噸。由於太過危險，甚至應訂定國際條約，對這樣的穿著加以限制。

「你又在想些無聊的事了吧？」

「當然沒有。」

聽見黑衣這麼問，無色毫不猶豫地搖頭——他的確在想事情，但那絕不是無聊的事。絕對不是。

無色和黑衣待在他們就讀的〈庭園〉高中部二年一班教室。

現在是午休，教室裡沒幾個學生。

「——那你到底在想什麼？」

「我想成立一個能讓彩禍小姐合法穿著和服的公約組織——」

「不是這個。你原本在想什麼？」

黑衣打斷無色的話問道。

無色無精打采地「喔……」了一聲，望向某個座位——座位主人最近幾天都缺席。

「我在想……瑠璃的事。」

「果然如此。」

聽見無色的回答，黑衣點頭以示理解……總覺得那神情與其說鬆了口氣，更像是發現「令人同情的怪物仍保有人性」而安心的感覺……哎，應該是錯覺吧。

「她收到那封信已經過五天了……究竟發生了什麼事？」

無色不安地皺著眉說。

是的。眼前的教室景象已成為無色日常生活的一部分，其中卻有一點和平時不同。

——那就是瑠璃的缺席。

不過，她當然沒有乖乖按照信上要求回去本家舉行婚禮。

無色隱約回想起五天前他們在這裡的對話。

「——開什麼玩笑！」

瑠璃用拳頭使勁揍向攤在桌上的信紙，桌面發出嘎吱哀號。

「什麼婚事！突然寫信過來說這種事……！就是因為這樣，我才討厭名門望族！」

她憤怒地吁了口氣，雙手不停顫抖。

緋純見到後皺起眉頭。

「所以……瑠璃妳對此完全不知情嘍？」

「當然不知情！而且我才十六歲啊！」

聽見瑠璃這麼說，無色等人「啊」了一聲。她說得沒錯，在現行制度下，以她的年紀還沒辦法結婚。

「呃……那妳打算怎麼做？」

「裝作沒看到！我才不管本家說什麼！他們沒資格干涉這種事！重點是我已經有喜歡的人——」

「咦？」

「……沒事！」

瑠璃大叫著含糊帶過後，用力將信揉成一團，扔向教室前方的垃圾桶。

似乎是因為用力過猛，紙團從垃圾桶中彈了出來。瑠璃額上冒著青筋走過去，將信扔回垃圾桶後再走回來。她連在這種時候都很守規矩。

「——可是真的沒問題嗎？」

這時黑衣用手抵著下巴說道。

「什麼事沒問題？」

「按理來說，未經本人同意當然不能締結婚姻關係，更何況瑠璃小姐也還沒到法定結婚年齡。

——不過對方是魔術師名門不夜城家之主不夜城青緒，應該能用強硬的手段達成目的。就這麼放著不管真的好嗎？」

「唔……！」

瑠璃似乎也同意黑衣的看法，露出嚴肅的表情，臉頰流下冷汗。

「是、是沒錯……我不知道她有什麼打算，但這件事或許還是認真處理一下比較好……不處理的話，說不定會在不知情的狀況下變成已婚人士，甚至哪天就會有個素未謀面的男人跑來找我，說『我是妳丈夫』……」

「也、也太可怕了吧……」

緋純苦笑著說。這狀況確實令人毛骨悚然。

「不過，妳打算怎麼處理？」

聽見無色這麼問，瑠璃思考了一會後回答他的問題。

「也只能——親自和對方談判了吧。就算回信說『我不要』，應該也無法改變現況。乾脆去大鬧一場，這樣對方更能明白我的心意。」

她說著做了個揮動長柄刀的動作。

瑠璃一如既往的武鬥派性格令無色不禁苦笑——但隨即動了一下眉毛。

「意思是妳要回去本家嘍？」

「嗯……既然要見家主，勢必得回本家一趟。」

「還是別一個人回去……不如我陪妳——」

「——不行。」

那瞬間——

瑠璃帶著與先前迥異的神情，打斷無色的話。

「咦——？」

她拒絕的態度堅決得讓人覺得冷淡。這反應完全不像瑠璃，使無色不由得睜大眼睛。

瑠璃經由無色的反應，意識到自己的語氣太過強烈，便縮了縮肩膀。

「呃——不……我的意思是，你去了對事情也沒有幫助！我把事情處理好就回來，你乖乖在這裡等著！

……不對，不用等我沒關係！你快點卸下魔術師身分，離開〈庭園〉！」

瑠璃指著無色說完，準備走出教室——途中卻像想到什麼，「啊！」了一聲停下腳步。

第二章

魔女征千里　深海龍宮城

「對了，我得向魔女大人報告一聲——」

「「………………」」

無色和黑衣聞言，互相使了個眼色。

那當然，畢竟彩禍的身體和意識皆已在瑠璃面前。

「呃，現在可能不太方便。」

「是啊，彩禍大人說她今天有事。」

「你、你們是怎樣？太有默契了吧……」

瑠璃露出狐疑的表情後，搖搖頭轉換心情。

「……既然魔女大人有事，那就算了。幫我跟她說我去去就回，請她不用擔心。那我走嘍！」

「啊，瑠璃——」

她將無色的聲音拋在腦後，快步離開教室。

——之後已過了五天。

前往不夜城本家的瑠璃音訊全無。

無色嘗試過聯絡她，但無論電話、簡訊或ＳＮＳ她都沒回。

若只是無視無色的訊息還情有可原，畢竟她還不承認無色是魔術師，而且她是在緋純和黑衣的催促下才勉強和無色交換聯絡方式（順帶一提，她將無色加為通訊軟體好友後，每天早晚都會傳「別當魔術師」、「滾出〈庭園〉」、「刷牙了沒？」、「不要睡過頭喔」之類的訊息，以及生氣的貼圖給無色）。

不過，「那個」瑠璃竟然會不回彩禍訊息，顯然不對勁。

不知她是到了沒有訊號的地方，還是弄丟了手機，抑或是處於無法用手機的狀態……無論如何，想必是發生了什麼意料之外的事。無色焦躁地點著手機畫面。

「玖珂同學……」

正巧在這個時候，緋純向他搭話。

她的表情絲毫稱不上開朗。可想而知，她也在和無色想同樣的事。

「瑠璃還是沒回嗎？」

「……嗯，她也沒回妳吧？」

無色反問緋純，只見她一臉陰沉地點頭。

「果然出了什麼事，連人都聯絡不上……」

隨後她安靜地思索了一會，下定決心似的轉向黑衣。

「那個，烏丸同學，魔女大人今天會來上課嗎？」

「不會，彩禍大人今天請假——若有什麼事，我可以轉告她。」

黑衣面不改色地回答。接著緋純怯生生地開口：

「……不夜城家的家主是〈方舟〉的學園長對吧？能不能……請魔女大人打聽一下瑠璃的狀況呢？」

緋純知道自己提出的請求非同小可，表情因緊張而僵硬，聲音也微微顫抖。

然而即使明白這點，她仍想確認瑠璃的安危。從她不安的雙眸中能明確感受到強韌的意志。

而黑衣也有能察覺到她決心的肚量，寬容地接納她的要求。黑衣輕嘆口氣後回答她：

「——插手管別人的家務事不太好，但不夜城騎士畢竟是〈庭園〉的學生。彩禍大人關心自家學生沒什麼好奇怪的，我會請她聯絡〈方舟〉的學園長。」

「……！真的嗎？謝謝妳！」

緋純的表情變得開朗，握住黑衣的手。

黑衣似乎沒料到緋純會有這種反應，平時總維持一貫表情的她眼睛微微張大。好可愛。

「——不過請別抱太大期待。對魔術師而言，『家族』不只是一般意義上的共同體。就算是彩禍大人——」

黑衣說到一半忽然停了下來。

然而，眾人很快就得知原因。

一團小鳥形狀的藍色火焰穿過窗戶的些許縫隙，進到教室內。

是的，那正是五天前送信給瑠璃的青緒的使魔。

「……！那是——」

「上次的……？」

無色等人發出驚呼，睜大眼睛看著這一幕。使魔慢悠悠地在空中飄了一會後，將嘴裡啣著的信扔到瑠璃的桌上，就此煙消雲散。

現場只留下一個樸素的信封。

無色和黑衣、緋純對看後，緩緩拿起信封。

信封上沒有寫收信人，但信封背面——寄信人的位置寫了「不夜城瑠璃」幾個字。

「瑠璃寄來的……？」

無色疑惑地皺著眉，拆開信封。

裡頭沒有信紙，只裝著一張小小的記憶卡。

「這是……」

「讀取看看吧。用一般的行動裝置可以嗎……？」

第二章
魔女征千里　深海龍宮城

緋純說著將記憶卡插入行動裝置。

不久後，畫面上便播出一段影片。

『——呃～～你好……這樣可以嗎？我是不夜城瑠璃。』

「瑠璃……！」

無色看到影片後，不由得破音喊道。

會有這樣的反應也是當然。因為影片中的人正是瑠璃，她坐在單調房間裡的椅子上。

不過她身上穿的並非〈庭園〉的制服，看起來也不像她自己的衣服。那是一件以白色為基調，類似水手服的服裝。

既然是影片，她當然聽不見無色等人的聲音。她對他們的反應毫無回應，接著說下去：

『正在看影片的……應該是班上的某人吧，請幫我跟老師說一聲。』

她臉上帶著淡淡的笑容，說出令人難以置信的話語。

『——我，不夜城瑠璃喜獲良緣，準備結婚了。

因此將從〈庭園〉退學。』

「啥——」

「咦……？」

「…………」

這意料之外的發言讓無色和緋純聽得張大嘴巴。黑衣雖然沒張嘴，也不解地瞇起眼睛。

然而，畫面中的瑠璃卻露出與眾人相反的爽朗神情，繼續自述。

『必要文件我會在日後寄回。

在〈庭園〉度過的日子，對我而言是無可取代的精神食糧。

雖然這段日子不長，還是謝謝大家的照顧。

衷心祝福各位武運長久——』

瑠璃說完不帶情感、固定形式的問候語後，恭敬地低下頭。

影片就到這裡結束。

「…………」

「…………」

「…………」

無色等人愣了好一會後，面面相覷。

「——顯然不對勁。」

最先回過神來開口的是黑衣。她微微皺眉，語氣中充滿困惑。

無色和緋純也點頭同意黑衣。

「……是的，不管怎麼看都很奇怪。」

「嗯，有很多令人不解的地方——」

這段影片確實疑點重重。

原本那麼排斥結婚的瑠璃不可能乖乖同意此事，突然要從〈庭園〉退學也很奇怪。不是用視訊通話，而是將影片存在裝置中再由青緒的使魔送來，這點更是不自然到極點。

然而還有一件最讓人無法忽視的事。

「——她不可能完全不提彩禍小姐。」

「——她不可能完全不提魔女大人。」

「這是重點嗎？」

無色和緋純同時說完，黑衣傻眼地瞇起眼。

「她可是瑠璃耶。」

「她是那個瑠璃耶。」

「…………」

聽見黑衣這麼說，無色和緋純再度同時回應。

沒錯。雖然有很多疑點，最奇怪的就是這一點。

——假設，真的就只是假設，瑠璃回本家傾吐怨言，見到本家安排的結婚對象，對那個人一見鍾情，那麼她說不定真的會願意考慮結婚。

如果要結婚就得改變現在的生活。尤其像不夜城家這樣的名門，可能有些繁雜的規定，她說不定真的得從〈庭園〉退學。

之所以將影片存在裝置中，或許也是因為本家位於訊號不好的地方。

然而——

就算是這樣——

就算承認其他種種可能性——

瑠璃她——身為「最愛彩禍大人粉絲俱樂部」名譽會長（非官方）的不夜城瑠璃，絕不可能一句都沒提到彩禍……！

縱使真的情非得已，非離開〈庭園〉不可，她也會淚流滿面地陳述狀況，不斷向彩禍道謝，回憶起與彩禍的點點滴滴，在背景播放彩禍的紀錄片並高唱自己寫給彩禍的歌，想想又開始反悔而鬧起彆扭，痛哭著被拉出畫面——想必會如此。

「一張記憶卡肯定存不下。」

「嗯，絕對不會錯。」

「這股莫名的信賴感是怎樣？」

無色和緋純篤定地低語，讓黑衣忍不住吐槽。

不過無論根據為何，結論依舊是「這段影片疑點重重」。黑衣這麼想後，清了清喉嚨轉換心情，說出自己的看法。

「影片中的人乍看是瑠璃小姐，但不論是用魔術或科技，都有可能製作出這樣的影片。而且——也不能排除瑠璃小姐本人遭人控制或洗腦的可能性。」

「什……！」

「怎麼會——！」

黑衣的話語令無色和緋純皺起眉頭。

「洗腦……會做到這個地步嗎？」

「我只是提出一些可能性。不過，瑠璃小姐是當代不夜城家族中數一數二的天才。〈方舟〉學園長可能不希望她繼續留在〈庭園〉，因而利用這次機會採取了強硬手段。」

「……唔，得趕緊去救她。不夜城本家究竟在哪裡？」

無色愁容滿面地說完，黑衣便微微搖頭回答：

「請冷靜點，無色先生。事情沒有你想的那麼簡單。」

「沒那麼簡單——所以究竟難在哪裡？」

「不夜城本家的宅第，位於家主不夜城青緒掌管的魔術師培育機構〈虛之方舟〉內。換言之，想去不夜城本家，必須先進入〈方舟〉。」

「進入〈方舟〉……那有什麼問題？我雖然是新手，好歹也是魔術師。他們應該不會禁止他校學生進入吧？」

交流賽時，〈庭園〉來了很多〈樓閣〉的魔術師。發生喰良一案後各校雖然加強警戒，但應該不至於全面禁止。

然而黑衣靜靜地說下去：

「請冷靜聽我說。〈虛之方舟〉是——魔術師培育機構中唯一的『女校』。」

「咦……？」

無色聞言發出驚呼。

「那裡的老師、學生乃至職員都是女性。我不清楚不夜城家範圍內的規定為何，但至少校區內原則上是禁止男性進入。」

「怎、怎麼會……」

無色握著拳頭說完，緋純緊隨其後開口：

「那就由我——」

「——這確實是可行的。但恕我直言，緋純小姐就算去了〈方舟〉也不能改變什麼。對方畢竟是魔術師名門不夜城家，到頭來妳想必會被打發走。」

「可、可是……」

被黑衣這麼一說，緋純支吾其詞。她似乎也認為這是事實。

無色不甘心地嘆著氣，將握緊的拳頭按在桌上。

「那我們該怎麼做？難道要眼睜睜看著瑠璃被迫結婚嗎？」

「…………」

聽見無色說的話，黑衣沉默地尋思了好一會。

最後像是下定決心般回答：

「不——我的意思是，像這樣複雜的案件，應該交給對的人來處理。」

「對的人——」

無色瞪大眼睛重複說道，黑衣便回應：「是的。」

「——這個人的入校申請不容忽視，而且能和不夜城學園長直接談判——最糟的情況下就算與不夜城全家為敵，也能用蠻力突破對方的阻擋。」

「能、能做到這些的……」

緋純聞言，眉毛皺成了八字。

而無色則懷著自信和確信用力點頭。

「——就只有一個人。」

◇

「「…………！」」

無色來到位於〈庭園〉中央管理大樓三樓的工程師辦公室，才一踏進門——

正在裡頭工作的技術人員全都抬頭望向他，並倒抽口氣。

他們會有這樣的反應也不無道理。因為無色現在——

「抱歉，稍微打擾一下。」

正以〈庭園〉學園長久遠崎彩禍的面貌示人。

是的。三人談完後無色就和黑衣離開教室，在空教室和黑衣接吻以吸收魔力，變回彩禍的模樣。

「——噢，坐著就好，繼續工作吧。」

見技術人員們打算起身行禮，無色連忙以手制止。眾人臉上略顯困惑，但仍乖乖回到工作崗位。

「魔、魔女大人，請問有什麼事嗎……？」

不過，附近一名職員似乎認為不能無視來訪的學園長，帶著略微緊張的表情問道。

「嗯，我聽說賀德佳在這裡。」

「技術部長嗎？她坐在最裡面的座位——」

「嗯，謝謝。」

無色簡短道謝後，便和黑衣一同走向辦公室深處。

那是個擺滿陌生機器，宛如科幻電影的空間。此外也隨處放著刻有咒語的老舊魔術用具，還有奇特生物的福馬林標本，感覺有些雜亂。由於不清楚這些物品的用途，無色謹慎地前進，以免不小心碰到。

最後他來到一個嚴密地用屏風隔開的空間。

「…………，…………，…………」

賀德佳駝著背坐在椅子上，面對有如天球般排列的螢幕，一面喃喃自語一面工作。

「——賀德佳。」

「……呀咿！」

無色拍拍她的肩膀喊她的名字，賀德佳這才發現有人來訪，破音大叫。

「啊……」

她從覆蓋著整隻手的特殊控制器中抽出手指，扶正歪掉的眼鏡，抬頭望向無色。

原本有些害怕的賀德佳在看到無色——正確來說是彩禍——的臉後，臉上露出安心的神色。

「怎、怎麼了，小彩……突然來找我……」

「小彩。」

無色不禁複述了一次。

賀德佳雖然怕生，但和彩禍、瑠璃關係相當親近……無色事前曾聽黑衣這樣說過。不過，他沒想到賀德佳竟會對彩禍用這麼可愛的暱稱——小彩，聽起來多麼美妙，無疑會獲選為最動聽的日文第一名。

「彩禍大人。」

這時身後傳來黑衣的聲音，將他拉回現實。無色清了清喉嚨，說明來意。

「噢，抱歉打擾妳工作。我有些事想拜託妳。」

「拜、拜託我……？」

無色說完，賀德佳睜大眼睛。

「小彩有事拜託我……？嗚、嗚嘻……是、是嗎……拜託我……」

她露出僵硬的笑容。乍看是在強顏歡笑，但應該只是不擅長表露情緒，對於能被彩禍拜託還是很高興的。

「好、好啊……沒問題。要我做什麼？入侵銀行網路更改帳戶餘額？把內閣府網站偷偷換成色色的網站？竊取不肖玩家的住址，用貨到付款的方式買個實物大小的長頸鹿雕像送過去？還是——」

「賀德佳。」

無色連忙喊賀德佳的名字，制止突然說個不停的她。她嚇得肩膀顫動。

「妳該不會真的做過這些事吧？」

「我……我沒做過……」

賀德佳滿頭大汗別開視線。無色隱約聽見她低喃：「……沒有全部做過。」但決定當作是錯覺。

「算了——黑衣。」

「是。請看這個。」

「……？」

黑衣遵照無色的指示，將之前那個記憶卡遞給賀德佳。

賀德佳一臉疑惑地看了看記憶卡，並插入裝置上的插槽。

不久後，畫面上開始播放瑠璃的影片。

「……！這是——」

賀德佳看完後驚愕地睜大雙眼，露出嚴肅的神情望向無色。

「太、太奇怪了……小瑠怎麼會一句都沒提到小彩……！」

「沒錯，這就是重點。」

「是嗎？」

無色對賀德佳的感想深表贊同，黑衣則是瞇起眼。

「先不論兩位的判斷基準是否正確——賀德佳騎士，以〈庭園〉技術部長的觀點來看，這段影片是否有可疑之處？」

「嗯……」

聽見黑衣這麼問，賀德佳瞇著眼再度播放影片，接著操作了一下控制器。

「……還要經過更仔細的分析才能確定……不過看起來……不像合成或偽造的……應該……是她本人在說話沒錯……」

「——是嗎？」

這回答讓無色微微皺眉——倘若這影片不是偽造的，就代表對方可能用了某種方法逼迫瑠璃說這些話。

看見無色臉上的表情，賀德佳面露不安。

「到、到底是怎麼回事……？小瑠應該不會說這種話才對……」

「是啊，我要拜託妳的正是這件事。」

「好、好的，是什麼事……？」

賀德佳歪了歪頭問道。

無色靜靜地撩起頭髮回答：

「——我近期要去〈方舟〉一趟，希望妳助我一臂之力。」

無色說完，賀德佳激動地點頭回應：

「好、好的……！那我先幫妳訂購大量的長頸鹿雕像……」

「我才不是要拜託妳這個。」

見賀德佳用力握緊拳頭，無色冒著汗吐槽。

◇

——瑠璃的影片寄來〈庭園〉後過了兩天。

無色坐在高級轎車的後座，望著窗外流過的風景。

擦得光亮的車窗上映出久遠崎彩禍美麗的側臉，無色很清楚若自己意識到這點，便會無止境地凝視那張臉，因此盡量克制自己不去想這件事。

順帶一提，他如今身上穿的不是〈庭園〉制服，而是簡約但高級的黑白色洋裝。

原因極其單純——因為他接下來「將去其他魔術師培育機構擔任客座講師」，當然不能穿著學生制服。

「——謝謝妳，黑衣。有勞妳費心了。」

無色望向坐在身旁的黑衣低語，銀鈴般的悅耳聲音響遍車內。

「不會，稱不上費心。實際上，我們非常順利地取得了入園許可。」

「真的嗎？」

「是的——聽到〈庭園〉的久遠崎彩禍自願擔任客座講師，沒有任何魔術師會拒絕。」

「呵——哈！」

聽見黑衣說的話，無色不禁笑了出來——他認為黑衣說得很對。

「不過，我當初想申請的是短期旁聽生，結果負責人差點口吐白沫昏倒，我才改成客座講師。」

負責人的心情可想而知，想必很震驚。無色聳了聳肩。

「不過話說回來，這次請妳辦這樣的手續確實有點突然。感覺——對妳滿抱歉的。」

這畢竟是不夜城家和親屬無色的問題，卻將彩禍牽扯進來。無色的道歉中也包含了這樣的含意。

然而黑衣若無其事地點頭。

「請不用在意，這是侍從分內的工作。」

「而且——」黑衣接著補充道：

「瑠璃小姐也是我的同學。」

「黑衣——」

無色眉毛微微顫動，凝視黑衣的側臉。

她的表情和平時無異，雙脣間卻吐露出不像黑衣會說的話，深深打動無色的心。

「這樣的感情——真是太美好了。」

「彩禍大人。」

聽見無色這麼說，黑衣以略微強硬的語氣回應。

「接下來將造訪其他魔術師培育機構，請注意您的發言。」

「……呵，我知道。」

無色心裡有點緊張，卻故作從容地回以微笑。

駕駛座和後座之間裝有隔板，司機需經由通訊才能聽見後座的對話，但透過照後鏡仍可看見他們的表情與動作。這位司機也是〈庭園〉的職員，總不能讓他看見久遠崎彩禍被侍從訓斥到說不出話的模樣。

無色再度望向窗外，低聲換了個話題。

「——對了，我一直很好奇，〈方舟〉究竟在哪裡呢？」

第二章
魔女征千里　深海龍宮城

他們從〈庭園〉出發後已經過了一小時，窗外的風景也從住宅區和高樓大廈逐漸轉變為自然風光。

無色在學園長會議前曾拿到一些資料，裡頭附有各培育機構的簡介——但不知為何未標明〈方舟〉的校址。

黑衣瞄了一眼窗外的景色，確認過後回道：

「就快到了，請稍等一下。」

「嗯……？」

無色疑惑地歪起頭。

原因無他。因為日本只有五間魔術師培育機構，兩校不可能近得僅有一小時的車程。他一直以為〈方舟〉和其他三校一樣，位於其他地區。

黑衣從無色的表情看出他的想法，靜靜地繼續說下去：

「——您的運氣真好。〈方舟〉每年只會有兩三次離我們這麼『近』。」

「…………？」

無色眨了眨眼，隨後車子停了下來，司機從駕駛座下車，打開後座車門。

「魔女大人，已抵達目的地。請您下車。」

說著恭敬地行禮。

「好，謝謝。」

老實說無色腦中還是充滿問號，但又不能表現出來。他以無比優雅的語氣和姿態說完，下了車。

「——嗯。」

等在車門外的是一片蔚藍。

鹹鹹的氣味撲鼻而來，水面反射著陽光，斷斷續續的海浪聲與海鷗叫聲微微震響耳膜。

沒錯——正是海。

說得更精確些，不是會出現在觀光宣傳照的那種美麗沙灘，而是人跡罕至的荒涼碼頭。這種景色不適合身穿泳裝的情侶或家庭，比較適合從船上卸貨的工人或者從事祕密交易的黑手黨。

「請走這邊，彩禍大人。」

先一步下車的黑衣推著兩個行李箱，催促無色。

讓她搬自己的行李，無色有些過意不去，但是既然對外宣稱兩人是主人與侍從，也只能這麼做。無色決定待會再慰勞黑衣的辛勞，邁步跟在她身後。

黑衣走向一座朝海面突出的防波堤。

乍看之下那裡並未停泊任何船隻，道路前方只有茫茫大海。

然而……

「——這是？」

無色喃喃自語。一接近防波堤前端，便有股不可思議的感覺穿透全身。

那和進出〈庭園〉校地時的感覺非常類似。換言之，那裡有道阻礙認知的結界，可以防止外人看見後方的事物。

無色意識到這點後——

面前隨即出現一艘小船。

其實他也不知道該不該稱之為船，那是形狀像膠囊的奇特交通工具。由於它輕輕漂在水面，無色才勉強從詞彙庫中挑了「船」這個字。

接著——

「——您是〈空隙庭園〉的學園長，久遠崎彩禍大人吧？恭候多時。」

忽然有人向他搭話，他便望向對方。

一個打扮奇特的人不知何時出現在防波堤前端。

那名少女似乎是〈方舟〉的使者，身穿白色水手服，外頭罩著和服外套。從肩上的肩章和具現化裝置可以看出她也是魔術師。

但她的五官——看不清楚。

這麼說倒不是因為她長得太平凡無奇，而是她臉上戴著一個繪有奇妙圖案的狐狸面具。

無色不禁愣了一下，不過魔術師穿著奇裝異服是常有的事，而且他現在是久遠崎彩禍，不能顯露出慌張的模樣，便以極為冷靜的態度回應對方。

「這次由我為您引路，請稱呼我為『淺蔥』。」

「好，麻煩妳了。」

「您言重了。赫赫有名的極彩魔女大人大駕光臨，我身為〈方舟〉的一員深感榮幸。請跟我來。」

她說著朝無色伸出手，引領他進入「船」中。

接下來的路程似乎要藉由這艘「船」來移動——無色這麼判斷後微微點頭，進到「船」內。黑衣也緊隨在後。

其內部結構也很奇特。座位周圍被平滑曲線構成的透明外牆包覆，令無色想起以前在圖畫書上看過的幻想太空船。

「那我們就出發了。可能會有點晃，請小心。」

淺蔥坐進駕駛座後說完，便操作起觸控式控制器。

接著一陣低沉的啟動聲響起，「船」的各處泛起朦朧的魔力之光。

下個瞬間——

「…………！」

無色輕聲倒抽口氣。

原因沒有別的，只因為這艘「船」沉入了海中。

「……唔——」

狀況太出乎意料，無色不禁望向黑衣。黑衣卻從容不迫地微微搖頭。

看來這並非意外事故，它本來就是這樣的交通工具，可能類似於潛水艇——無色剛才覺得它像太空船，那麼想或許也不算有錯。

他們就這樣在海中前進了數十分鐘。

「——」

無色認出前方的東西，睜大雙眼。

然而，這反應極其自然，任誰第一次見到「那個」都會有類似的反應。

——那是坐落在海底的巨大都市。

「這就是……」

「〈虛之方舟〉——」

無色說完，黑衣也以面具少女聽不見的音量回應他。

「——它正如其名，是座在大海中巡迴的移動型要塞都市。」

「哦……」

來到〈方舟〉中的無色望著眼前光景，發出不知是感慨還是呆愣的聲音。

這座圓形都市以壯麗的白色天守閣為中心，道路整齊得像設計過一樣——實際上應該也真是如此——道路兩旁建了許多大小各異的建築。

都市被一層厚厚的空氣牆包圍，宛如一口倒蓋的巨大金魚缸。

無色望向上方，透過海水可以看到搖曳的太陽，無數魚群以此為背景，彷彿在天上飛翔般優游。

如此奇幻，又如此不真實。

他不禁心想倘若童話中的龍宮城真的存在，該處所見的風景應該就像這樣吧。

「——彩禍大人。」

「嗯……好。」

在黑衣的呼喚下，無色將視線轉回前方——對了，他不該用彩禍的身體像個觀光客一樣東張西望。

淺蔥似乎一直在等無色回神，隨即朝他點了個頭。

「我帶兩位去學園長那裡。行李將會直接運到兩位的房間，請空手跟我來就好。」

「好，那就麻煩妳了。」

無色簡短說完，便和黑衣一同跟在淺蔥身後。

他們沿著鋪設整齊的道路走向聳立在都市中央的那座宛如城堡的校舍。

途中看到了些身穿白色水手服的學生——看來那應該是〈方舟〉的制服。無色回想起瑠璃在影片中也穿著同樣的服裝。

聽說這裡是魔術師培育機構中唯一的女校，和這項事前資訊一致，果然舉目所見的學生皆是少女……一想到自己是借用彩禍的身體踏入這座女兒國，總覺得好像在做什麼壞事。

這時——

「嗯……？」

無色在學生當中看見一名戴著面具，制服外罩著和服外套的少女，便動了動眉毛。

「那副面具和外套是——」

是的，儘管面具上的圖案有些微差異，那身打扮和現在為無色他們引路的那名少女非常相似。

聽見無色的話語，淺蔥應了聲「是」。

「我們是『風紀委員（Azulis）』，主要職務是維持〈方舟〉的治安、管理秩序——但其實什麼雜事都得做。兩位待在這裡的期間若有什麼需要，請不吝告訴我們。」

「嗯……」

原來這獨特的面具與和服外套並非她個人的興趣，而是統一的制服。看來就連在這方面，各學園也有自己的特色。無色點頭答應，繼續前進。

他們走了幾分鐘像在逛水族館的路程。

最後來到位於都市中央的校舍頂樓——抵達學園長室。

「——學園長，我將久遠崎彩禍大人帶來了。」

面具少女一說完，那扇門就像在回應她，緩緩往左右打開。

少女恭敬地退到門旁邊。

黑衣也退後一步，示意自己將在這裡待命。

「…………」

接下來似乎只能由兩位學園長自己談了。無色嚥下口水。

不過久遠崎彩禍可不會驚慌失措。無色小心不表現出絲毫緊張的模樣，穿過那扇巨大的門。

門內風格和城堡般的外觀一致，是個和式的謁見廳。房間深處高了一階，以竹簾區隔兩個空間，和被無數書本掩沒的彩禍房間大相逕庭。

「——呵呵，歡迎妳來。真是好久不見呢，彩禍小姐。一週沒見，我都要想死妳了。」

竹簾後方傳來〈方舟〉的學園長不夜城青緒的聲音。

無色輕笑了聲回應她。

「真不好意思，我花了點時間尋找能入妳眼的茶葉。」

「哎呀呀。」

青緒被逗得哈哈大笑。

——這表面上只是個互相展現幽默的和樂問候。

無色卻不禁緊張到心臟隱隱作痛。

雖說他和青緒並非初次見面，但之前見面是在學園長會議上——當時雙方是站在同一陣線的同志。

然而，無色這次是為了帶回音訊全無的瑠璃才會踏入〈方舟〉。

若能談得攏是再好不過，但既然決定瑠璃婚事的是青緒，雙方也有可能成為敵人。

青緒或許也已隱約察覺到這點。

彩禍突然來訪，青緒不可能未感到一絲異樣，她不是這麼愚鈍的女人——黑衣如是說。

不過，無色等人目前手中的資訊還太少。黑衣告誡他在掌握現狀前，還是別透露太多。

然而，反過來說的意思就是——等一切真相大白就該不計後果地採取相應的手段。

「話說回來——妳怎麼會突然跑來當客座講師？負責人接到通知時嚇了一跳。」

「也沒什麼，只是覺得學園間的技術交流也很重要。」

「我之前拜託妳時，妳明明拒絕了。」

「……哈、哈，是這樣嗎？」

這事他還是第一次聽說，只能露出尷尬的笑容帶過。

「正因為現在遇到緊急狀況，魔術師培育機構之間的合作才顯得更重要，不是嗎？」

「好吧，就當作是這樣。不管原因是什麼，我都歡迎妳來，畢竟這種機會不多。」

青緒啪地合上扇子，接著說：

「——我說，彩禍小姐。」

「什麼事？」

「神話級滅亡因子〈銜尾蛇〉復活了——這可不是鬧著玩的。而且她還行蹤成謎，現在說不定仍在大量製造不死者。」

「……嗯，沒錯。」

「在這種危機之下，〈庭園〉應該沒有魔術師會蠢到出於興趣插手別人的家務事吧？」

「————」

青緒稍微壓低嗓音說道。那和原先的諧謔口吻完全不同，令無色緊張得肺部微微疼痛。

但久遠崎彩禍可不會驚慌失措。無色不想讓對方察覺到自己的不安，於是誇張地將手一攤。

「那當然——鴇嶋喰良殘害吾等同胞，像我這麼會記仇的人，一定會要她血債血償。」

「哎呀呀……真是膽識過人。妳從以前就是這樣，太可怕了。真不想與妳為敵。」

「哈哈，放心吧，我怎麼會與妳為敵呢？——除非妳傷害我的愛徒。」

無色語中略帶威脅地說完，青緒帶著笑意嘆了口氣。

「好，妳大可放心，我不會做那種事的。

——不過，也請彩禍小姐注意一下。由於先前事件的影響，我們〈方舟〉的風紀委員現在有點草木皆兵。我很清楚妳沒有惡意，但請小心別做出會讓人誤會的行為。」

「呵，提高警戒是好事，她們挺可靠的嘛。務必提醒她們要盡忠職守——用不著擔心我，就算幾隻幼貓撲上來打鬧，對我來說也不痛不癢。」

「幼貓也是有爪子的，請小心點。我可不想看到重要的友人受傷。」

「呵——」

「呵呵呵——」

經過幾次言語交鋒後，兩人相視而笑。

儘管語氣溫和，學園長室內卻瀰漫著緊張的氣氛。膽子小一點的人可能連直視這兩個人都不敢。

不過，青緒似乎也不想這樣針鋒相對下去。她輕輕揮手，結束這個話題。

「——現在雖然是非常時期，不過機會難得，就好好玩一玩吧。妳也很久沒來了吧？」

「……好，我會這麼做的。」

無色回完青緒的話，轉身離開學園長室。

——一離開房間，房門便自動關上。

守在門外的淺蔥見狀，隨即朝無色行禮。

「那麼，我這就帶您去客房，請跟我來。」

「好，麻煩妳了。」

無色微微點頭，和黑衣一同跟在淺蔥身後，穿越走廊。

「——黑衣。」

「是。」

途中他以前方的淺蔥聽不見的音量喚了黑衣一聲，黑衣立刻露出知曉一切的神情點了點頭——黑衣畢竟是黑衣，應該能大致推測出對話內容，甚至可能用某種方法聽見了兩人的對話。

「——青緒小姐果然察覺到了我們真正的目的。」

「看來——確實如此。」

無色回應完，黑衣點頭並繼續說下去。

「不過只要我們不明說，她似乎也不想把事情鬧大。總之先找瑠璃小姐吧——不知她是否被囚禁起來，或在監視下仍有一定的自由。我們連她是否能照自己的意識行事都不知道，不掌握這些資訊就無法採取行動。」

「……是啊。」

無色握緊拳頭，用力點頭。

「——怎麼了嗎？」

這時，走在前方的淺蔥懷疑地回過頭。

無色這才意識到自己不知不覺間提高了音量，便連忙搖頭說了聲「沒什麼」，試圖含糊帶過。

「好久沒來了，覺得妳們的校舍真雄偉。」

「很榮幸聽到您的讚美，相信學園長聽了一定也會很高興。」

少女淡淡地說完，領著無色和黑衣走出校舍，前往宿舍林立的區域。

看樣子今天的課程已經結束，許多身穿白色制服的少女聚在路邊的商店，有說有笑。

其中有人注意到無色等人，對他們投以好奇的目光。

第二章

魔女征千里　深海龍宮城

「——妳看，跟在那位風紀委員後面的是誰？」

「好漂亮……可能是外面來的客人吧。」

「總覺得好像在哪裡看過她……」

「咦，不覺得她長得有點像〈空隙庭園〉的魔女大人嗎……？」

「咦咦？怎麼可能？」

她們立刻七嘴八舌聊了起來。

無色想起黑衣說過，由於〈方舟〉是座在海中移動的都市，與外界接觸的機會比其他魔術師培育機構少得多，外賓來訪對她們來說或許是很稀奇的事。

「呵——」

若是彩禍，肯定不會不理不睬地走過。無色隨即面露微笑，朝偷看自己的少女們揮了揮手。少女們羞紅了臉，興奮地尖聲嚷嚷起來。

這時——

「——呃，彩禍大人。」

黑衣微微倒抽口氣，拉住走在前方的無色的袖子。

平時總是沉著冷靜的黑衣很少做這種事。無色疑惑地停下腳步。

「嗯？喔，抱歉。我的笑容對〈方舟〉的學生來說可能太過刺激了——」

「您在說什麼？快點看那裡。」

「那裡……？」

無色朝黑衣指的方向望去——啞然失語。

原因簡單明瞭，道路前方有個熟悉的少女。

那頭綁成雙馬尾的長髮，還有意志堅定、眼尾上揚的雙眸。

儘管身上穿的是〈方舟〉用以當作制服的白色水手服，她無疑就是——

無色那突然失去音訊的妹妹，不夜城瑠璃。

「…………」

瑠璃身旁圍繞著幾名少女，一同走在路上。

或許因為她是不夜城家的千金，看起來在這裡十分受歡迎，周圍的少女們都開心地笑著向她搭話。

然而，儘管身處在那群少女的中心，瑠璃卻眼神空洞，表情陰沉，彷彿聽不見周圍的聲音。

那是在〈庭園〉從未顯露過的表情。無色感覺自己的心臟像被勒緊似的強烈收縮。

「——」

這麼快就能找到瑠璃固然可喜，但她的模樣有些奇怪。無色吸了口氣試圖呼喚她。

「瑠——」

然而——

「——久遠崎學園長，在學區內請保持安靜。」

淺蔥隨即注意到他的行動，擋在他面前。

不，不只如此。不知從哪裡冒出許多打扮和淺蔥相似的少女——風紀委員，將無色和瑠璃隔開。

「什……」

無色微微皺眉，但立刻恢復冷靜，優雅地撩起頭髮。

「哎呀呀，真抱歉。我確實不該在神聖的校舍嚷嚷。」

「感謝您的配合。」

淺蔥鞠了個躬，聚集在周圍的風紀委員們也同樣低下頭，動作整齊得像被寫好的程式控制一樣。

「不過——妳們會不會太誇張了？我不過是偶然看見好友，想向她打聲招呼而已。這樣大驚小怪，難道不會降低〈方舟〉的格調嗎？」

「…………」

淺蔥默默聽完無色說的話，隔著面具用悶悶的聲音回應他：

「久遠崎學園長，請您考慮一下自身的影響力。您被譽為世界最強的魔術師，一舉一動都會為周遭帶來莫大影響。

——而且您現在的身分是〈方舟〉的客座講師，請不要與特定學生走得太近。」

「……哎呀呀——」

聽見那過於委婉的警告，無色不禁焦躁地嘆了口氣。

「妳這話真奇怪。意思是，我在這裡連和愛徒說話的權利都沒有？」

「愛徒？您指的是誰呢？——若是曾在〈庭園〉就讀的不夜城瑠璃小姐，她應該已表達過退學的決定才對。」

「……哦？」

無色心煩意亂地瞇起眼睛，結果被黑衣拍了肩膀——像在叫他冷靜似的。

他望向道路前方，瑠璃一行人早已離去。

……在此鬧事確實不妥。無色頷首回應黑衣，深深嘆了口氣。

「……我有點累了，可以帶我去房間嗎？」

「遵命。」

面具少女畢恭畢敬地行完禮後，如此回答。

第二章

魔女征千里　深海龍宮城

「好了——」

無色抵達房間後，環顧四周並嘆氣。

這個房間位於學生宿舍後方的客用宿舍內，校方為他準備的似乎是最好的一間。這樣的空間讓無色一個人住顯得大了些，房內擺滿高級的家具。

「接下來該怎麼做呢？」

不過無色現在沒有心情在豪華的房間內玩鬧，只能嘆著氣喃喃自語。

風紀委員淺蔥將無色他們帶到這裡，便說有事可以再聯絡她，將聯絡方式交給他們，然後就離開了。現在只剩無色和黑衣兩人在場。

校方當然也為黑衣準備了房間，她來這裡只是為了和無色商討今後的計畫。

「請等一下。」

黑衣張開手掌制止無色，說完後瞇起眼睛。

「——第一顯現，【審問之眼】。」

接著集中精神，唸出招式名。

她的脖子上浮現一圈界紋，眼眸亮了起來。

無色以前見過她用這術式。印象中是種解析魔術，能看穿眼前對象的結構與組成。

黑衣以發光的眼睛環視房間後，微微點了頭，消除界紋。

「剛剛那是？」

「我擔心被人竊聽，為防萬一檢查了一下。」

「……唔，原來如此。」

聽見黑衣的回答，無色的眉毛抽動了一下。

青緒很明顯對無色他們的目的存疑，那麼確實該考慮這個可能性。

「不過青緒小姐並不傻，她應該也料到我們會檢查，不會特意做這種事讓我們抓到把柄。我只是為防萬一。」

「那麼──」黑衣接著說道：

「我們來討論今後的方針吧。」

她說著便從懷裡拿出小型裝置和無線耳機，將一側耳機交給無色。

無色戴上耳機，不久後就聽見微弱的聲音。

『……啊、啊～～……測試測試，開玩笑的……嗚嘿嘿……』

聲音的主人是賀德佳。無色總覺得聽不太清楚，但應該不是訊號差，而是她本人音量的問題。

『呃……聽得見嗎？小彩、小黑……』

「嗯，沒問題。」

『這、這樣感覺好像在當間諜……有點好玩……』

「我懂妳的意思。」

無色面露微笑說完，賀德佳似乎很開心能得到認同，『嗚嘻』地笑了。

「言歸正傳，賀德佳騎士，目前狀況如何？」

戴著另一側耳機的黑衣簡短詢問，賀德佳便慌慌張張地回答：

『啊……好、好的。你們臨走之前，我不是給了你們一台裝置嗎？我透過那台裝置，成功連進〈方舟〉的內部網路。再給我一點時間，應該連保全系統也能破解。你們只要幫我注意裝置的電量就好……』

賀德佳以略快的語速說道。

沒錯，無色等人離開〈庭園〉前拜託她的就是這個。

確認瑠璃的現況、蒐集不夜城家的資訊、設法對付可能會在關鍵時刻阻礙他們的〈方舟〉保全系統——

為了完成這些事項，他們便請賀德佳駭進〈方舟〉的網路。

……這不是什麼值得稱讚的手段，而且和喰良襲擊〈庭園〉時用的是類似手法，讓人有點良心不安——但事先做好準備準不會錯。

『〈方舟〉基於其特性，校內網路是獨立的……若只從外部連接，有一定的極限。最穩當的做法就是把我的裝置接到主伺服器上，但是應該很難辦到……嗯，不過只要成功從內部入侵，我還是有辦法全部破解……嗚嘻……想用這種破綻百出的防護系統擋住我，未免太可笑了……』

賀德佳自言自語說了一長串，才意識到只有自己一直在說話，便倒抽口氣。

『總、總之……這部分就交給我。若有什麼進展，我會聯絡你們的……』

說著便切斷通訊。

各戴一邊耳機的無色和黑衣不約而同地對看，同時微微點頭。

「賀德佳那邊就等她回報——我們也來做自己能做的事吧。」

「是。」

黑衣簡短回答。

話雖如此，現在的狀況沒那麼簡單。無色苦惱地雙臂環胸，繼續說道：

「第一天就能見到瑠璃算我們幸運……但情況感覺不太妙。」

「是的，儘管她未被囚禁——看起來卻和平時不太一樣。」

「是啊——」

無色回想起剛才目睹的瑠璃的側臉，皺起眉頭。

雖然只遠遠看了一眼，瑠璃確實如黑衣所言，和平時有些不同。控制、洗腦——這些有如惡劣玩笑的詞彙閃過他的腦海。

不過太悲觀也不好。無色搖了搖頭，甩開那些負面想像。

「……現在煩惱這些也沒用。還是先想想怎麼和瑠璃接觸吧。」

「沒錯。因此當前必須面對的課題就是風紀委員。」

黑衣露出思索的表情，手抵著下巴說道。無色大大地聳肩回應：

「對。沒想到她們竟會那麼明目張膽地妨礙我們。」

「不過，這也證明了她們不希望您和瑠璃小姐有所接觸。如果讓兩位見面不會有任何問題，她們就不會這麼做了。」

「——說得也是。」

無色點頭同意黑衣的話。

確實，若瑠璃已被完全洗腦，對方根本不會如此敏感。過度的警戒正代表無色他們有機可乘。

「但我們要怎麼跟她接觸？照這樣看來，瑠璃應該也被人監視著。不必要的衝突還是能免則免——」

無色說完，黑衣便自信滿滿地點頭。

「我有個提議。這方法可以讓您和瑠璃小姐順理成章地近距離接觸，而且以風紀委員的立場也很難妨礙二位。」

「哦？是什麼方法？」

聽見無色這麼問，黑衣靜靜回答：

「——您只要做您原本的工作就好。」

✿第三章　公主陷囹圄　誰人啟心門

雖然都叫魔術師培育機構，不同地方的特色也不同。

〈虛之方舟〉在大海中巡迴，經常得對付海中冒出的滅亡因子，因此校內的練武場也建造得與〈庭園〉大相逕庭。

那片廣場被細沙填滿，甚至還有來回拍打沙岸的波浪。不知透過何種原理，海水穿透籠罩在〈方舟〉周圍的空氣牆，侵蝕而入。與其叫練武場，稱作海灘或海水浴場更為貼切。

如今在這座練武場上——

「——呃，真的是在這裡嗎？」

「對，『WeSPER』上是這麼寫的。」

「我昨天果然沒看錯！」

許多學生聚集在此，興奮地七嘴八舌。

不只如此，還有一些看起來像教師的魔術師，宛如一個小型活動現場。

然而，會這樣再正常不過。

因為——極彩魔女久遠崎彩禍今日將在此開設特別講座。

「盛況空前呢。」

「確實很熱鬧。」

在海灘角落用以作為休息室的小屋中，無色和黑衣窺探著外頭的情況，你一言我一語。

「學園長層級的魔術師親自授課已是極為難得的事，更何況是校外來的魔術師——而且還是彩禍大人，當然會備受矚目。」

久遠崎彩禍是〈空隙庭園〉的學園長，亦是世上最強的魔術師。她的經歷和功績多不勝數，堪稱活著的傳奇。她的名號在魔術師間幾乎無人不知。

然而，親眼見過她的人相較之下就少得多——

被她教過的人更是寥寥可數。

這樣的魔術師專程造訪〈方舟〉還在此開課，有志修練魔術的人當然都搶著上她的課。

——這個暫且不論。

無色有另一件極為在意的事。

「對了，黑衣。」

「怎麼了？」

「我這身打扮是怎樣？」

他說著低頭俯視自己的身體。

是的，無色現在穿著一身輕便好動的繞頸式比基尼。

彩禍的完美身材被緊身泳衣緊密包覆，模樣堪稱藝術。實際上，黑衣幫無色更衣之後，他呆站在鏡子前入迷地看了好一陣子。

不，正確來說不只無色，就連黑衣和聚集在練武場上的少女們也是如此，儘管樣式不同，身上都是類似的裝扮。再搭配這場地，導致場面看起來不像特別講座，比較像海邊的校外教學。

不過黑衣以冷靜至極的聲音回答：

「我們在〈庭園〉的練武場進行訓練時，不也會換運動服嗎？」

「啊，嗯，是啊。」

「就跟那一樣。」

「不同地方也差太多了吧。」

無色莫名地感嘆完，黑衣便歪過頭。

「您不滿意嗎？」

「不，我覺得很棒，甚至想在〈庭園〉採用這套服裝。」

「請別這麼做，不然大家可能會認為彩禍大人瘋了。」

黑衣瞇著眼說。無色也不希望事情演變成那樣，因此乖乖點頭。

「總之我明白了——雖然有點嚇到，這款式還不錯。黑衣妳的泳裝跟妳也很相襯。」

「謝謝。」

黑衣以平淡卻又有些得意的語氣回答。

就在這時，有人敲響休息室的門。

「——嗯，門沒鎖。」

無色如此回應，房門便被打開，一名少女走進房間。

少女的制服外罩著外套，臉上戴著面具——是風紀委員。從面具上的圖案來看，她應該是昨天為無色他們帶路的淺蔥。

「打擾了……久遠崎學園長，請問這是怎麼回事？」

淺蔥劈頭就以略微不滿的口氣這麼問。面具遮住了她的表情，但她在面具下肯定板著一張臉。

「怎麼了？貴校沒有規定授課形式，所以我選擇教授實戰課程。而且這裡能容納的學生比教室或講堂多吧？——有什麼問題嗎？」

「…………」

無色說完，淺蔥沉默不語。

沒錯，這就是黑衣昨天說的方法。

儘管〈方舟〉校方不希望彩禍和瑠璃接觸，既然彩禍以客座講師的身分來到〈方舟〉，校方就不能阻止她授課。要想和瑠璃聯繫，就只能利用這個機會。

不過，若是在教室或講堂上學科課，校方可能會以座位數量有限為由，不讓瑠璃出席。因此他們便利用沒有人數限制的練武場，開設供學生自由參加的實戰課程。

此外在活動宣傳方面也下了一番功夫。他們昨天拜託賀德佳，在魔術師專用社群網站「WeSPER」上傳特別講座的公告。

學生魔術師高達九成以上都有用該應用程式，消息一下子就在娛樂較少的〈方舟〉的學生之間傳開。

即使瑠璃的通訊裝置被沒收也無妨，只要她身邊的同學大多知道這則消息，校方就很難將她完全隔絕在外。

「……您只是來授課的，請盡量避免和學生私下交談。」

淺蔥不悅地提醒。無色深深點頭。

「嗯，這我當然知道——好了，我們走吧，黑衣。」

「是。」

無色說著便走出休息室，徑直往海邊走去，在白色沙灘上留下足跡。

「——啊！大家快看！」

有個學生率先注意到無色，就指著他大喊。

以此為起點，少女們猶如波浪般一同望向無色，發出驚天動地的歡呼。

「她就是〈庭園〉的魔女大人？」

「比想像中更美！」

「天啊，她看了我一眼！」

眾人隨即興奮地喧鬧起來。

無色有一瞬間被那股氣勢嚇到，但彩禍如此受歡迎讓他備感開心，便露出從容的笑容，對眾人揮了揮手。

「「呀啊啊啊啊啊啊啊啊啊啊啊啊啊啊啊！」」少女們發出更響亮的叫聲。無色感覺自己彷彿成了明星。

這時——

「————」

無色的眉毛抽動了一下。

他在那群鬧哄哄的泳裝少女後方發現瑠璃的身影。

無色和黑衣迅速對看一眼，雙方都微微點頭。

第三章

公主陷囹圄　誰人啟心門

「——看來我們第一階段的任務達成了。」

「是的，不過情況不太樂觀。」

黑衣小聲回答。

她說得沒錯。瑠璃的模樣顯然不對勁。

「確實。若是平常的瑠璃，應該會站在最前排舉著相機，邊拍照邊大喊：『啊，魔女大人！您太美了！就像夜空中最亮的星！又像乘載著希望，劃破夜空的閃亮流星！亮成那樣會失眠吧……！』」（註：用以稱讚他人努力的流行語，出自健美比賽中的加油口號「飲控到那個地步，會（餓到）失眠吧」）

「有夠具體。」

「這樣的人竟會一臉冷靜地佇立在那兒……」

「您想太多了，她現在這樣反而比較正常。」

無色他們邊聊邊往前走，最後來到學生面前。

等大家安靜下來後，他才緩緩開口：

「——各位同學，幸會。我是〈空隙庭園〉的學園長，久遠崎彩禍。這次有緣來到〈方舟〉擔任客座講師，雖然時間不長，還是請各位多多關照。」

他以冷靜而清晰的聲音簡單地自我介紹。

那模樣再度讓〈方舟〉的學生為之瘋狂，泳裝少女們雀躍地晃著胸部迎接無色。眼前的景象令人血脈賁張。若是平常的無色，應該會悄悄別開視線以免興奮到魔力流出量大增。

然而——

「……呵。」

他卻露出自信的笑容。

原因很單純——無色剛才已在更衣室透過鏡子目睹了「泳裝彩禍」這般大規模毀滅性武器，因而對泳裝女子具備一定的抵抗力（卻也因此在更衣室被黑衣吻了兩次，這件事可是祕密）。

無色帶著從容不迫的神情繼續說下去：

「那麼，先暖身再開始上課——大家兩兩一組。」

「「是！」」

無色給出指示後，學生們活力十足地回應，紛紛找朋友分組。

過程中瑠璃身邊的人卻吵了起來。

「瑠璃小姐，請和我一組！」

「不不，和我一組！」

「不不不，和我一組！」

她們似乎在爭執誰能和瑠璃分在同一組。儘管發生這種狀況，瑠璃本人仍像人偶一樣面無表情。

不過，昨天看見瑠璃被人群包圍時，無色就已料到會發生這種事。他展露笑容，走向那群人。

「哎呀，妳們還沒分好組啊？沒辦法了。

——不如我跟妳一組吧。」

他說著指向瑠璃。瑠璃的面部表情似乎抽動了一下。

「——久遠崎學園長！」

這時後方卻傳來呼喊聲——是淺蔥。

不過她的反應也在意料之內。無色以戲劇性的動作回過頭。

「怎麼了？堂堂風紀委員，該不會想阻礙我『上課』吧？」

「……唔。」

無色特意強調「上課」二字，令淺蔥不甘地哼了聲，但沒有進一步動作。

他再度轉向瑠璃，又朝她伸出手。

「如何？不願意嗎？」

「……不，沒有這回事。我很榮幸──」

於是瑠璃仍舊一副空洞的表情，以生澀的語氣回答。

周圍的學生一下子激動起來。

「魔女大人要和瑠璃小姐一組……？」

「這、這麼難得的景象，真的可以免費看嗎……？」

「這就跟海膽加和牛會更好吃是一樣的道理吧……」

看來大家都沒有意見。無色微微一笑，牽著瑠璃的手回到原本的位置。

「好，那就開始吧。大家要認真做，暖身不足會受傷喔。」

「「是，魔女大人！」」

眾人朝氣蓬勃地回應無色，感覺甚至比〈庭園〉的學生還要有幹勁，似乎是因為初次見到彩禍而興奮不已。無色明白她們的心情，因為連他自己也想上彩禍的課。

不過現在有更重要的事。

無色做完簡單的手腳伸展操後，便要瑠璃坐在沙灘上，然後繞到她背後，壓著她的背協助她前彎。

他以淺蔥看不見的角度將雙唇湊到瑠璃耳邊，對她低語：

「──我好擔心妳，瑠璃。還好妳沒事。」

「————咿！」

瑠璃仍面無表情，身體卻抽動了一下。

她果然不對勁，但可以確定她對無色的話語有所反應。無色繼續避開淺蔥的目光，對瑠璃說話。

「妳現在正被人監視。是的話就眨一下眼睛，不是的話就眨兩下。」

「…………」

無色低語完，瑠璃牙齒顫抖，用力眨了一下眼睛。

「妳是自願留在〈方舟〉的嗎？」

「…………」兩下。

「妳住的地方有監視器嗎？」

「…………」一下。

「有沒有能和妳私下聯絡的方式？」

「…………」兩下。

無色繼續問了幾個問題。

瑠璃的反應雖然有些奇怪，仍會回答無色的問題，就像在用精神驅動著無法自由行動的身體。

「……嗯。」

她似乎被青緒下了某種暗示，但因為和彩禍接觸而逐漸找回自我……說不定是這樣。

這是很有可能的——若真如此，只要給她更強的刺激，或許就能完全解開暗示。

無色只思索了一下，隨即展開行動。

「瑠璃，再把上半身往前傾一點。」

他將身體緊貼在瑠璃背上，將她壓向前方。

進而在幾乎要碰到她耳垂的位置呢喃。

「忍耐對身體不好……妳該更誠實地……解放自己……」

「……喀……喀咻～～～～……………」

瑠璃的身體不知從何處傳來謎樣怪聲，身體對折成兩半，就像沒了骨頭般，柔軟度異常良好。

這時無色發現瑠璃滿臉通紅，才意識到自己不知不覺間竟將胸部完全壓在瑠璃背上。

「哎呀。」

無色鬆開瑠璃的身體，瑠璃嘎嘎嘎……地撐起身體，感覺耳朵彷彿「噗咻～～」一聲噴出了蒸氣。

「抱歉，太用力了嗎？」

「不……會……」

瑠璃以生鏽機器人般的動作說道。雖然她臉上還是沒有表情，無色仍可感覺到這招是有效的。

——這種時候就該乘勝追擊。無色抬起頭，提高音量對眾人說話。

「各位，暖身得差不多了吧——黑衣，把那個拿出來。」

「是。」

黑衣簡短回應，然後從預先準備的籃子中拿出小瓶子。

「請各位將美人魚油塗在身上。這是一種經過魔術處理的防護油，萬一在海中發生意外，這種油能保護各位不被水壓侵襲。由於自己很難確實塗到背上每個角落，這部分也請兩人一組進行。」

說完便將小瓶子發給學生。

無色也從黑衣手中接過瓶子，打開瓶蓋，將帶有黏性的液體倒在手上並回到瑠璃身邊。

「來吧，瑠璃。我來幫妳抹油。」

「……啾……！啾嗶～～～～……」

無色露出魅惑的笑容說完，瑠璃雖仍面不改色，喉嚨卻發出怪聲。

不過無色不以為意地繞到她身後，將手上的油塗抹在她的肌膚上，手指輕輕滑過她的肩膀、手臂和背部。

「……很好，瑠璃。這裡……就是要這樣……」

「喔……！喔齁……呼……」

無色撫摸瑠璃的背，在她耳邊低語。瑠璃渾身不停顫抖，上半身後仰，彷彿有什麼東西要衝破她的身體冒出來。

「嗯……差不多了。」

細心地為瑠璃的身體背面塗好油後，無色滿意地吁了口氣。

瑠璃雖是他妹妹，但總覺得幫妹妹在身體正面抹油好像不太好。更重要的是他可能一不小心就變回原本的身體，這樣已經是極限了。

「瑠璃，接下來可以換妳幫我的背抹油嗎？」

「…………咿！」

聽見無色這麼說，瑠璃脖子轉了將近一百八十度，倒抽口氣。

所有人都是兩兩一組，交換是再自然不過的事，對瑠璃而言卻非同小可——無色明白她的心情。儘管隔著防護油，仍能名正言順地觸碰彩禍的背，所造成的衝擊簡直難以估計。

不過這就是無色的目的。

她可是瑠璃——身為久遠崎彩禍推廣大使（非官方）的不夜城瑠璃，想必能藉由這陣衝擊找回自我。

「來——麻煩妳了。」

無色遞出防護油，背對瑠璃。

接著以緩慢的動作撩起絹絲般的頭髮，露出背部。

「啊……啊……唔……」

瑠璃猶如喪屍，身體微幅顫動，將油倒在手上，然後緩緩伸向無色的背。

就在她的指尖觸碰到無色的背那一瞬間——

「啊啊啊啊啊啊啊啊啊啊啊啊啊啊啊啊啊啊——！」

她就像頭頂被落雷擊中似的痛得死去活來，當場倒地不起。

「呀啊！」

「瑠、瑠璃小姐！」

「您怎麼了！」

突如其來的狀況讓四周的學生嚇得大叫。淺蔥在後方看見這一幕，也壓低重心準備朝這裡跑來。

然而當事人毫不理會旁人的反應——

「啊……！」

瑠璃突然睜開眼睛，像裝有彈簧的玩具般猛地蹦起身。

「我、我……究竟……？」

她不斷眨著眼，環顧四周。

那口氣和神情皆是無色所熟知的瑠璃。

看來她真的變回來了。無色鬆了口氣，滿心歡喜——但他判斷彩禍不會在眾人面前做出勝利姿勢，因此只是悠然一笑。

「嗨，瑠璃，早安。感覺如何？」

「……！魔女大人——」

無色說完，瑠璃隨即轉向他，當場跪下。

「——久未問候。很抱歉未經許可就擅自缺席多日。」

「這點事不用放在心上。」

無色瞥了淺蔥一眼，繼續說下去：

「不過閒聊就到此為止吧。現在還在上課。」

「——是。」

瑠璃光憑無色的眼神和這句話就明白他的心思，於是簡短回應。

無色滿意地點頭，再度背向瑠璃。

「那麼，可以請妳繼續幫我抹油嗎？」

「啊……啊……唔……」

這一瞬間，找回自我的瑠璃又發出喪屍般的聲音。

「請不要讓情況變得更複雜。」

黑衣察覺到狀況而衝了過來，狠狠將防護油潑在無色背上。

「那麼——」

待瑠璃冷靜下來後，無色再度開始上課。

雖說已達成和瑠璃接觸這個最起碼的目標，但他既然自願擔任客座講師，可不能虎頭蛇尾。

「讓我們重新回到課程——我來問問妳。」

「是……是的！」

無色指著面前一名學生說完，對方便一臉緊張地回話。

「哈哈，用不著那麼緊張——〈方舟〉的師生在海上或海中戰鬥時，一般都用什麼道具呢？」

「呃、呃……您說的是空氣供給裝置嗎？」

學生說著摸了摸自己脖子上類似頸環的東西。

空氣供給裝置是第四代魔術所用的魔術裝置之一，能在身體周圍形成一層薄薄的空氣膜，讓人得以在海中或真空空間呼吸、行動——無色直到昨天連有這東西都不知道，是黑衣告訴他的。

「沒錯，一般來說是如此。不過戰鬥變幻莫測，我們不見得總能以萬全之姿應戰，而且也可能發生始料未及的意外。現在只是因為在訓練，各位才能在全身塗滿抗水壓的防護油。——因此我這次想教大家一個缺乏防護時可以使用的祕技。」

無色豎起食指，以清晰明瞭的聲音說明。

他為了不破壞彩禍的形象，表現得自信滿滿，但其實這些內容都是黑衣昨晚教他的。

黑衣說各校學生平常就在練習顯現術式，難得從校外請來客座講師開設課程，應該教些平時學不到的知識，這樣她們會更開心。

擔任客座講師只是為了堂而皇之地進入〈方舟〉所用的藉口。不過既然要做就要做得徹底，這就是她的風格。好帥。

「——黑衣。」

「是。」

在無色的呼喚下，黑衣簡短回應，向前踏出一步。

「就由我代替彩禍大人來為大家示範。」

眾人的視線集中在黑衣身上。

然而黑衣不怎麼緊張，以極為冷靜的態度瞇起眼睛。

「——空壓結界（風啊守護我），範圍展開（集於我身），一七〇・七〇・六〇（化為界線之牆）——」

接著她的雙唇間低聲吐出這一串話。

「那是……」

「是『咒語』吧，就是第二代魔術的構成式。課堂上不是教過嗎？」

「喔，我想起來了……」

黑衣的舉動在〈方舟〉的學生間引起些微騷動。

她在眾人注目下跑向〈方舟〉邊緣——也就是大海的方向。

接著縱身撲向隔絕〈方舟〉與大海的空氣牆。

空氣牆搖晃了一下，隨即將黑衣釋放至外部的海洋中。

包覆〈方舟〉的空氣膜一般來說沒辦法用身體直接撞破，但這座練武場為了讓大家練習在海中戰鬥，有一部分的界線做過特殊處理——原來這座海岸型態的練武場以及泳裝般的訓練服，真的有其意義在。

「咦……？」
「沒戴裝置就潛入外海？」
「她周圍沒有空氣，就算塗了防護油，水壓這麼強——」
學生們看得目瞪口呆。
黑衣卻一臉悠哉地在海中漂浮。
仔細一看，她的身體周圍有一層空氣薄膜。她身在〈方舟〉時還不那麼明顯，但一躍入水中，便可看出她和海水之間的界線。
黑衣在海中時而靜止，時而盤旋了一會後，便回到無色等人身邊。
而且她的頭髮和身體完全沒沾到水。
「——覺得如何？」
黑衣說完，原本驚訝得說不出話的學生們一同拍手。
「剛剛那招……」
「應該是用咒語觸發的魔術——對吧？」
面對學生們的提問，黑衣答了聲「是」。
「我用三小節構成式，在身體周圍變出簡易結界，讓空氣滯留在我身邊。這一招的精密程度和效果當然不及空氣供給裝置，但能讓人活動幾分鐘。想在海中呼吸、活動有許多方法，若能在構成式的發動速度和持續時間之間取得平衡，這將會是最有效率的方法。凡是懂得基礎魔力控制的人，只要記下咒語就能在緊急時刻使出這招。在第四代的魔術裝置、第五代的顯現術式普及後，這項技術便不再經常為人使用，然而魔術裝置在製造、維修方面需要極為專業的知識與設備，顯現術式的效果亦取決於個人資質，與這兩者相比，構成式的優點在於用途廣泛，最棒的是構成式還可依個人需求做調整。可以調整文句，盡量刪減字數又不損及控制效率，在這方面具有與詩歌相似的情調──」

黑衣罕見地連珠炮般高談闊論，但突然注意到眾人呆愣的表情，連忙清了清喉嚨。

「──彩禍大人是這麼說的。」

「呃……沒錯。」

無色點頭同意黑衣的說法。

這樣乍聽像是把發言推到彩禍身上，但「彩禍說的」這點並沒有錯。

黑衣平時總是扮演冷靜的侍從，然而一談起喜歡的事物就停不下來──沒想到如今還能發現她新的一面，這無窮的潛力讓無色興奮不已。

「好了，機會難得，大家也來試試看吧。先在這裡──」

──這時……

無色的話語戛然而止。

第三章

公主陷囹圄　誰人啟心門

原因無他。只因為被圓頂狀空氣牆包覆的〈方舟〉之中，響起震耳欲聾的警報聲。

「……！」

「這是——」

學生們臉上流露出警戒的神色。

無色對這聲音有印象，在〈庭園〉也時常會聽見。

換言之——

「——是滅亡因子。」

「看來如此。」

無色說完，黑衣平靜地點頭。

下一秒，上空——海中便冒出巨大的花狀物體，展開花瓣準備一把抓住包覆〈方舟〉的空氣牆。

外部施加的力量和包覆〈方舟〉的空氣壓力互相抗衡，發出刺耳聲響。

「呀啊！」

「怎、怎麼回事～～！」

面對突如其來的狀況，學生們發出驚慌的叫聲。

「……！」

無色這才發現——出現在〈方舟〉上空的是一條又一條呈放射狀散開的觸手，上頭附有無數吸盤。

「那是——」

「——滅亡因子三〇二號：〈克拉肯〉，在海洋系滅亡因子中相對常見。不過——這麼巨大的〈克拉肯〉很罕見，若不趕緊處理掉，可能會有危險。」

黑衣以平淡的語氣說明。儘管在這般危機狀況下，她仍絲毫未顯露出焦躁不安。

這時一名少女朝無色和黑衣跑來——是瑠璃。

「——魔女大人！」

「嗯，瑠璃，這隻〈克拉肯〉挺大的。我們趕緊在〈方舟〉遭受損害前解決掉它吧。」

無色將黑衣剛才告訴他的知識原原本本地告訴瑠璃，瑠璃點了頭。

「是。不用勞煩魔女大人，就由我來——」

「——不，沒那個必要。」

一道聲音打斷瑠璃，令無色張大眼睛。

往聲音來源望去，只見淺蔥站在那裡。

「淺蔥——」

「是。處理海中危機是〈方舟〉最在行的事，這裡就交給我們。」

淺蔥說著高舉右手，準備發號施令。

「——開始。」

在她的號令下，〈方舟〉外圍射出許多類似魚雷的物體。

不——不是魚雷。定睛一看，才發現那一個個都是打扮和眼前的淺蔥相似的少女。人數不下三十。

少女們的身體被空氣供給裝置形成的結界所包覆，速度快得宛如劃破夜空的流星，在海中畫出軌跡。

「——預備。」

淺蔥靜靜低語。

奔至海中的風紀委員們隨即展開陣形，包圍住巨大的〈克拉肯〉，以整齊劃一的動作舉起右手。

下個瞬間，她們的頭部便浮現兩片界紋——手中出現長得像發光標槍（Javelin）的武器。

「——射出。」

少女喊出簡短的指令，並將高舉的手向下一揮。

風紀委員們分秒不差地在同一時間，將第二顯現的標槍投擲出去。

無數發光標槍從四面八方刺向〈克拉肯〉。

巨型滅亡因子痛苦地揮動觸手，但最終還是停下動作，被海流帶走似的遠離〈方舟〉。

「哦……」

短短幾秒鐘內發生的事讓無色看得瞠目結舌。

「……真是高明。從沒見過配合得如此完美的戰法。」

「過獎了。」

聽見黑衣的稱讚，面具少女恭敬地行了一禮。

接著將看不出視線方向的臉轉向無色，繼續說：

「──瑠璃小姐婚禮在即，需要保重身體，萬萬不可受傷。

我們風紀委員『定會保護她遠離所有威脅』。」

「…………」

淺蔥的宣言讓無色眉毛微微抽動。

那是當然的，因為淺蔥這番話──就像在說不管無色他們做什麼，都絕不會讓瑠璃逃離〈方舟〉。

然而──下個瞬間。

「…………！」

四周響起地鳴般的聲音，整座〈方舟〉開始大幅震動。

第三章

公主陷囹圄　誰人啟心門

「這是怎麼回事……！我們明明打倒了滅亡因子——」

「——委員長！」

淺蔥倒抽一口氣說完，一名戴著面具、披著外套的風紀委員跑了過來。

「到底怎麼了？」

「在下面！海底還有另一隻〈克拉肯〉……！」

「什麼——？」

就在淺蔥驚訝大喊之際。

伴隨著地鳴般的聲響，許多巨大的影子出現在〈方舟〉外圍。

那些巨如高樓的「物體」從海底長了出來，企圖包覆住〈方舟〉。

——直到〈方舟〉被完全包圍，眾人才意識到那是無比巨大的「觸手」。

「怎麼可能這麼大……！」

淺蔥的聲音透著慌張，放聲大叫。

然而，這樣的反應再自然不過。因為這隻滅亡因子大得嚇人，剛才的〈克拉肯〉完全無法與之相提並論。

而且它的十條觸手就像用手掌握住小球般，徹底包覆住〈方舟〉。只要它用力，整座〈方舟〉可能就會瓦解。

「通知〈方舟〉內所有風紀委員！也請學園長協助——」

「——不用這麼麻煩。」

然而……

無色以極為冷靜的聲音說完，溫柔地拍了慌亂的淺蔥肩膀。

「……！久遠崎學園長——」

那隻滅亡因子確實是個威脅，要是放著不管，〈方舟〉很可能遭到破壞。這樣一來，住在這裡的無數學生都會被拋至海中。

但是無色臉上未露出一絲焦躁或驚慌。

因為目前在這裡的——

是世界最強的魔術師。

「這是教學的大好機會，大家看好了。

——看看久遠崎彩禍是怎麼戰鬥的。」

無色說著悠然一笑，蹬向沙灘躍至空中。

他自己是魔術師新人中的新人，可說是還在實習。

但他現在用的這副身體無疑是世上最強。

「——」

無色衝破包覆〈方舟〉的空氣牆，投身大海之中。

接著他的頭頂浮現出四片界紋。

「——萬象開闢，天地於焉歸吾掌中。」

界紋發出五彩光芒，形狀宛如一頂魔女的帽子。

無色俯視下方的光景——巨大〈克拉肯〉正準備用觸手將〈方舟〉捏爛。他緩緩舉起手，念誦那段話。

「向吾宣誓恭順，

吾願——收汝為新娘。」

一瞬間。

世界完全變樣。

這並非比喻，也不是在開玩笑。無色周圍的海底景色開始扭曲變形，幻化成完全不同的場景。

——第四顯現。堪稱現代魔術師的頂點，顯現術式的極致。

這是以自我為中心改寫世界的最大最強之術。

出現在周圍的，是有著滾燙熔岩的熾熱洞穴。宛如地獄油鍋底部，連吸一口氣都有可能灼傷肺部，環境殘酷得不容一切生物生存。

滅亡因子被放逐到那樣的極限世界——那些超長觸手的主人原來是連鯨魚都能一口吞噬的巨大軟體動物之妖。

無色緩緩將手掌一翻，再用力握緊。

周圍的景色隨著他的動作凝聚成螺旋狀——

接著以雷霆萬鈞之勢輾殺滅亡因子〈克拉肯〉。

「呼——」

他鬆開握緊的手，像要吹散硝煙似的吐了口氣。

與此同時，周圍的景色也恢復原樣。

無色隨後便降落在〈方舟〉上，對眾人露出微笑。

「——……………！」

呆愣地見證了這一幕的學生們這才理解狀況，紛紛瞪大眼睛，露出既羨慕又敬畏的神情大聲歡呼。無色深深點頭，朝她們揮手。

「——太精采了，彩禍大人。」

「嗯。」

無色簡短回應黑衣，走向呆站在原地的淺蔥，得意一笑。

「雖然所屬機構不同，但我們畢竟是同胞。不必逞強，拜託我處理就好。

——因為我跟妳們一樣，也想守護瑠璃。」

他像要回敬對方剛才的話似的說道。

於是淺蔥用力握緊拳頭，回望無色的臉。

「……是，您說得沒錯。我們就各自盡力——保護瑠璃小姐吧。」

「嗯，就該這樣。」

雙方言語平靜，語調沉穩，氣氛卻劍拔弩張。

無色和淺蔥隔著面具對視，不約而同地露出自信的微笑。

◇

當天夜裡。

無色和黑衣用完晚餐後，回到彩禍被安排在客用宿舍頂樓的房間。

對方姑且還是將他們當作賓客，因此餐點非常高級，房間也是這般豪華。此外他們若有任何需求，風紀委員也會立刻趕來。如果只是來觀光，這樣的待遇可謂舒適得無可挑剔。

「……那麼，就看接下來會怎麼發展了。」

「是的。」

然而無色和黑衣對話時神情十分凝重。

——後來，校方以收拾善後與確認〈方舟〉設備損傷為由中斷課程，強制將瑠璃帶走。

無色雖以奇襲的方式成功和瑠璃取得聯繫，但今後淺蔥等人應該會加強警戒，能不能再用同一招還很難說。

如此一來，就只能祈禱方才使出的計謀能成功了。無色啜飲一口黑衣泡的紅茶後，吐出溫熱的氣息。

這時——

「…………！」

微弱的敲門聲傳來，無色的表情動了一下。

「——門沒鎖，進來吧。」

無色說完，門就被緩緩打開，一名少女走進房間。

他見到對方的身影後，忍不住從椅子上站起來。

「瑠璃——」

沒錯，站在那兒的正是穿著居家服和拖鞋的瑠璃。

無色感慨不已地嘆了口氣。

「——太好了，妳察覺到我想傳達給妳的訊息了。」

「是、是的……！那當然！我怎麼可能察覺不到魔女大人的意圖呢！」

瑠璃激動地握起拳頭說了。

沒錯，今天上課時，無色他們其實用手指偷偷在瑠璃的背上劃，藉此告訴她一些資訊。

像是彩禍住的房間、通往這個房間的路線，以及他們拜託賀德佳關掉這一路上的監視器一事。

儘管這做法相當危險，瑠璃還是成功找到了他們。

黑衣觀察了一下瑠璃的狀態後，鬆了口氣。

「看來暗示已經完全解開了。」

「暗示？什麼暗示？」

然而瑠璃不明白黑衣在說什麼，歪了歪頭。

「……？妳不是被青緒小姐下了某種暗示嗎？我們昨天見到妳的時候，妳的表情空洞得像變了個人。」

黑衣說完，瑠璃便一臉煩悶地嘆了氣：「噢……」

「當然嘍……畢竟我離開〈庭園〉以後一直沒見到魔女大人，連手機也被沒收，無法透過照片、影片和聲音補充養分……就像被迫絕食一星期，當然會沒精神。」

「妳把彩禍大人當作食物嗎？」

「或者說像呼吸更為貼切。」

「那妳應該早就死了吧？」

黑衣淡淡回應後，再度歪過頭。

「可是妳白天上課時，為什麼表現得那麼奇怪？」

「沒有啦，因為突然看到魔女大人穿泳裝……雖然是一大眼福，但絕食一週後無法直接吃夏多布里昂牛排吧……應該先喝些米湯……」

「米湯？」

「沒錯……具體來說就是欣賞一些以魔女大人為創作對象的像素畫，或者聞一聞從〈庭園〉商店裡買來的手帕，先習慣一下。」

「不能看彩禍大人的照片，或聞她個人的手帕嗎？」

「那、那已經不是米湯，而是米飯了！空腹吃太刺激了！」

瑠璃紅著臉尖叫起來。

「……但妳觸碰到彩禍大人的背時，看起來很像找回了自我。」

「那就像負荷過重導致自動關機一樣。不過我的腦袋也因此清醒許多。」

「原來如此。」

無色點頭表示理解。

「…………」
黑衣露出思索的表情，最後像是放棄理解般說了聲「是喔」。
「那麼——這支影片中的人不是瑠璃小姐嘍？」
黑衣從口袋裡拿出手機，播放一段影片——那正是由使魔送至〈庭園〉的瑠璃的影片。
「什麼——」
瑠璃呆愣地看了影片一會，最後瞪大雙眼。
「這是什麼影片……！我根本沒說過這種話，也沒拍過這種影片！」
她憤慨地扯開嗓子說。
無色見狀輕嘆口氣。
「果然是偽造的嗎？」
「看來是這樣。賀德佳騎士之所以沒看出來，可能是對方用了剪輯以外的手法吧。」
無色和黑衣分別說完，瑠璃像是突然想起什麼，肩膀震了一下。
「這支影片被送到〈庭園〉……？所、所以魔女大人會來這種地方，難道是因為——」
「沒錯，我也不認為這是真的——才跑來確認愛徒真實的心意。如果妳遭受不合理的對待，我可不能坐視不管。」
無色對瑠璃眨了眼說完，瑠璃便用手摀著嘴，感動得落下淚來。

「竟、竟然……為了我……！唔……嗚嗚……實在太榮幸了……！」

她說著猛然跪趴在地，幾乎要五體投地。

黑衣似乎覺得話題一直在原地打轉，連忙清了喉嚨。

「總之我們已得知妳平安無事，也確認過妳的心意。那麼，下一步就該訂定具體的方針——以便讓這樁婚事告吹，將妳帶回〈庭園〉。」

「對，沒錯。不過這可是一大難題。到底該怎麼做才好？」

聽見無色的問題，黑衣用手抵著下巴思索了一下。

「我有個想法。不過——在實行之前，必須克服一個問題。」

「嗯……妳打算怎麼做？」

「是，首先——」

黑衣簡潔地說明了計畫。

無色聽完，恍然大悟地點頭。瑠璃雖臉頰泛紅，也點頭表示同意。

「有趣，確實值得一試。」

「可、可是魔女大人，到底該請誰幫忙呢？〈方舟〉沒有這樣的人……」

瑠璃猶豫不決地望著無色——然而……

「——我有個中意的對象，可以交給我處理嗎？」

無色自信滿滿地說道。

◇

隔天，在〈虛之方舟〉中央校舍的學園長室。

「………………哦？」

學園長不夜城青緒停頓了好一會才誇張地歪過頭。

「妳可以再說一次嗎，瑠璃？」

她在竹簾後方以平靜的聲音問道。

語調極為沉穩而冷靜，並未含有不快或怒意。事實上，她本人應該也沒有要威嚇對方的意思。

然而，與之對話的瑠璃從那一字一句都感受到無比龐大的壓力。

那是當然的。因為坐在瑠璃面前的是不夜城家的最高掌權者，也是世上屈指可數的強大魔術師。

「……唔。」

但瑠璃可不能就此打退堂鼓。她握起拳頭屏除排山倒海而來的壓力，繼續說下去。

「是。就像之前說的，我無法接受這樁婚事。」

聽見瑠璃這麼說，青緒細嘆一口氣。

「——所以呢？」

她以不耐煩的態度聳了聳肩說道。

「妳占用我的時間，就是為了說這個？這議題我們分明在妳剛來〈方舟〉時就已經溝通過了。」

「這——」

瑠璃皺著眉，發出近似哀號的聲音。

她確實一抵達〈方舟〉就向青緒表達過同樣的意見——但青緒當然置若罔聞地拒絕。青緒稱那樣的對話為「已經溝通過」，讓瑠璃難以忍受。

不過青緒似乎真的這麼想。她好言勸慰瑠璃，就像在開導一個不聽話的孩子。

「別任性了，瑠璃。妳身為魔術師，應該明白不能讓具備強大力量的血脈斷絕吧？」

「這我……當然明白。我並沒有說要終生不婚，或者不生小孩！只是我還年輕，而且怎麼能和素未謀面的人——」

「妳是當代不夜城家首屈一指的才女，說難聽點，妳的身體並非妳一個人的。既然妳是不夜城家的女人，就該乖乖聽話。

而且對方是我精心挑選的高強魔術師，妳一定也會喜歡。

還是說——妳有其他不能結婚的理由？」

「…………！」

青緒的話語讓瑠璃眉毛抽動。

——這是最佳的進攻時機。她下定決心，點了頭。

瑠璃安撫著猛烈跳動的心臟，說出預先想好要說的話。

「——是的。其實我……已經有喜歡的人了。」

「……哦？」

瑠璃說完，青緒以狐疑的語氣應了聲。

「妳已經有互許終身的戀人了？」

「是……是的。」

戀人這個詞讓瑠璃感到有些害羞，但仍篤定地回答。

而後青緒便歪過頭打量瑠璃。

「……我勉強問一下，妳說的對象是誰？」

這問題在瑠璃的意料之中。她嚥下口水，回答青緒：

「其實——他已經來到這裡了。」

「咦？」

青緒沒想到瑠璃會這麼說，發出意外的驚呼。

——必須趁青緒恢復冷靜前乘勝追擊。瑠璃沒等青緒回話，便對身後的拉門喊了一聲。

「——進來吧！」

學園長室的拉門隨即被打開，一名少年走進房間。

他有著淺色頭髮、溫柔的雙眸和中性的面孔——

少年一臉緊張地走到瑠璃身旁，恭敬地向青緒鞠躬。

「初次見面，不夜城學園長。

——我是瑠璃的戀人，玖珂無色。」

聽見少年——無色這麼說……

「…………唔嘎！」

原已下定決心的瑠璃滿臉通紅，像要吐血般猛咳起來。

◇

第三章

公主陷囹圄　誰人啟心門

時間倒回昨夜。

「——你、你你你你你你你你你你你你你你你你你你你——」

瑠璃在彩禍的房裡，雙手和聲音都不斷顫抖。

「你為什麼會在這裡！」

她伸手指著面前的人大叫。

然而會有這種反應再正常不過。

——因為站在她面前的，是恢復原貌的無色。

是的。無色剛才和黑衣一同離開房間，在空房間迅速完成了存在變換，再度回到這裡。

「呃……該怎麼說呢？」

「——當然是和我們一起從〈庭園〉來的。」

黑衣連忙替不知如何作答的無色回話。

其實這麼說也沒錯。無色點頭同意她的說法。

「對對，我很擔心妳。還好妳沒事。」

「你……你幹嘛說這種令人害臊的話！」

瑠璃聞言紅了臉頰，用力別過頭。

過了幾秒，瑠璃做了幾個深呼吸好讓自己冷靜下來，繼續將臉歪向一邊，接著說：

「……抱歉讓你擔心了。我也以為能早點回去。」

「這不是妳的錯。」

「……當然，我也知道問題都是出在本家的觀念太落伍了，但沒想到需要勞煩魔女大人出馬——」

這時瑠璃想起什麼似的皺了眉。

「奇怪？魔女大人呢？剛才不是和黑衣一起出去了嗎？」

「…………」

「…………」

無色和黑衣聞言都默不作聲。

這陣不自然的沉默讓瑠璃不安地肩膀顫抖。

「你、你們兩個怎麼了？我說了什麼奇怪的話嗎……？」

「——不。彩禍大人說她有事，稍微離開一下。」

「是嗎？……那我們是不是該換個地方？」

瑠璃慌張地想離開房間。無色和黑衣繞到她面前，將她攔下來。

「放心，彩禍小姐說我們可以留下來。」

「是的，她要我們繼續討論今後的計畫。」

「是、是嗎……？」

瑠璃雖感不安，仍停下腳步——很快又肩膀一顫，轉向黑衣。

「等一下，所謂的計畫是剛才說的那些嗎？魔女大人口中那個中意的對象，該不會是無色吧！」

她紅著臉大叫起來。

不過會有這種反應也無可厚非。因為所謂的計畫——

「是的。就像剛才說的那樣，即使是魔術師，原則上也不能重婚。若瑠璃小姐已經有互許終身的戀人，對方的態度應該也會有所轉變吧。」

黑衣淡淡地說道。瑠璃的臉變得更紅了。

「為、為為為為為為為為為為為什麼偏偏是挑無色！」

「不然我問妳，有比無色先生更適合的人選嗎？這裡是〈虛之方舟〉，是由不夜城青緒學園長掌管的女性園地。別說男性，就連敢向青緒小姐提出異議的人都找不到吧？」

「可、可是我和無色是兄妹！」

「喔，所以你們不能結婚嘍？」

「我沒有這麼說——！」

瑠璃極力反駁黑衣，而且不知為何，還是至今力道最強的一次。

「還是有極少數的魔術師家族會為了延續血脈而近親通婚！基因問題如果僅限一代，是可以用魔術解決的！」

「咦，這樣啊？好厲害。」

無色只是直接說出自己的感想，瑠璃不知為何卻漲紅了臉。

「你可別搞錯！我只是在陳述客觀事實！」

「咦？啊，嗯。」

無色點頭後，黑衣清了清喉嚨轉換心情。

「換言之，就是沒有問題嘍？」

「唔唔……！……！」

瑠璃不禁不甘地發出聲音。提出支持論點的是她自己，如此一來就很難反駁。

「可、可是……無色心裡又怎麼想！你……你不會感到排斥嗎？」

她說著看向無色，眼神已沒有剛才的氣勢，反倒像在小心翼翼地觀察無色的臉色。

「我——」

無色垂下視線思索。

——無色自己也有喜歡的人，雖然還不知道能否得到肯定的答覆，然而要在對方面前假裝別人的戀人，他不免有些抗拒。

不過——若是為了幫助瑠璃，情況可就不同了。

「當然不會。」

無色下定決心說完，注視瑠璃的眼睛，牽起她的手。

「——請讓我扮演妳的戀人吧。」

「嗚咦……？」

聽見無色這麼說——

「好、好呃……」

瑠璃不由得眼冒金星，脫口答應。

◇

——這就是事情的經過，時間來到現在。

無色略微緊張地站在瑠璃身邊，面對這座海底都市的掌權者。

不夜城青緒學園長從剛才就一直默默盯著無色。

隔著竹簾無法得知她的表情，但可以隱約感覺到她似乎目瞪口呆。

然而，這是當然的。

畢竟瑠璃突然帶了個互許終身的戀人回來。

「…………」

青緒沉默好一會後，伸手摸索著什麼。

下個瞬間，學園長室內就響起驚人的警報聲。

「咦！」

無色正感到驚訝，房門就被打開，幾名風紀委員進到房內。

「您找我們嗎，學園長？」

「對，有非法入侵者。」

她以冷酷的語氣這麼說。無色和瑠璃不禁瞪大眼睛。

「咦……咦咦？」

「請等一下！請讓我們把話說——」

瑠璃說到一半，青緒便在竹簾後方用扇子指著無色。

「要談的事很多，重點是為何會有男性出現在〈方舟〉？我可不記得有准許他入園。」

「…………啊。」

無色聞言，流下冷汗。

說起來確實如此。他的心思完全放在計畫上，就遺漏了這個最重要的前提。

身旁的瑠璃也一臉震驚。

「……等一下，你不是跟魔女大人她們一起來的嗎？……難道是偷渡？」

「呃，那個，對……因為太擔心妳。」

「……嗚嘎……」

無色和瑠璃小聲對話的同時，青緒嘆了口氣。

「總之，這種情況下還談什麼戀人不戀人的——把他帶走。」

「「是！」」

在青緒的指示下，風紀委員們朝無色步步逼近。

瑠璃張開雙臂將無色護在身後。

「請等一下，家主大人！無色只是想幫我……！」

「這跟我無關。我不知道他是怎麼溜進來的——」

青緒的話語在這時戛然而止。

「無色……妳說他叫無色……？」

她疑惑地呼喚無色。無色感到有些意外，睜大眼睛。

「……你該不會是藍的孩子吧？」

藍。那正是無色母親的名字。

「是、是的……您知道我嗎？」

「…………」

聽見無色的回答，青緒像在思索什麼般沉默了好幾秒，然後才開口：

「……是啊。不夜城家，尤其是本家這一支血脈，誕下一親等以內的男孩是極為罕見的事。」

「是這樣嗎？」

無色老實地回應，青緒卻若有所思地摸起下巴。

「哦──原來如此。那孩子……這樣啊。」

「…………？」

青緒的反應讓無色感到疑惑。

但在無色開口提問前，青緒就大手一揮。

「──行了，妳們退下吧。」

「您確定嗎？」

「對。他雖然是男性，但畢竟是不夜城家的親戚，我可以網開一面讓他待在這裡。」

「……是。」

第三章

公主陷囹圄　誰人啟心門

風紀委員行了一禮後離開房間。

學園長室內又只剩下他們三個人。

「——那麼……」

一陣靜默之後，竹簾後方傳來青緒的聲音。

「既然是藍的孩子，就是瑠璃的哥哥吧……所以你們兄妹相愛？」

「是的。」

「咕哈！」

無色回答青緒的問題，瑠璃則在一旁按著胸口扭動身體。

「我會讓瑠璃幸福的。」

「噗嘎呼！」

「我打從心底愛著瑠璃。」

「喔喲咯唄！」

「所以，請允許我和瑠璃結婚！」

「唔啊ｗ耶ｄｒｆｔｇｙ呼嘰叩ｌｐ。」

瑠璃像在呼應無色說的話，紅著臉發出怪叫。青緒納悶地歪起頭。

「你旁邊的瑠璃好像受到很大的衝擊？」

「她平常就是這樣。」

「是、是嗎？」

聽見無色斬釘截鐵地斷言，青緒小聲清了清喉嚨。

接著她狐疑地詢問瑠璃：

「瑠璃，這是真的嗎？不是妳用來逃婚的藉口？」

「這、這個嘛——」

面對青緒的提問，瑠璃支吾其詞。

無色明白她的心情。儘管迫於無奈，實際要說出口時還是會有抵觸感。

「——瑠璃。」

不過也只能努力克服了。無色以澄澈的眼神望著瑠璃的雙眸。

「…………！」

瑠璃肩膀抖了一下，臉紅得像番茄似的，結結巴巴地回話。

「是、是呃……瑠璃也……愛著……葛格……」

「哦……是嗎？」

青緒聽見後緩緩嘆了口氣，用扇子指著兩人。

「那就證明給我看吧。」

「證明……？」

「對。我想想——你們現在就接吻給我看。」

「…………！」

「什——」

青緒的話讓無色和瑠璃倒抽口氣。

——黑衣現在未在無色身上施加術式，他即使和人接吻也不會獲得魔力，不會因此變身成彩禍。

然而無色一心一意愛著彩禍，就算對方是他妹妹，他還是對接吻這個行為感到排斥。

「…………」

不過無色隨即轉念。

因為他心中浮現自己想像的彩禍。

『——有什麼好猶豫的？只要一個吻就能顛覆不夜城青緒決定好的婚事。還是說你的決心就只有這點程度？』

半透明的彩禍說著，拍了無色的肩膀。

這陣些微的（想像中的）衝擊讓無色把心一橫。

他溫柔地抓住瑠璃的肩膀，將她拉向自己。

「……！無、無色……？」

「放心，瑠璃，交給我吧。」

「……………唔！」

瑠璃身體抖了一下後，緩緩閉上眼睛——看來她也做好了心理準備。

無色緩慢地靠向瑠璃的臉。

兩人的嘴脣已近得能感受到對方呼出的氣息。

——下個瞬間。

「……誰、誰要跟你接吻啊啊啊啊啊啊啊啊啊！」

瑠璃紅著臉使出上勾拳，擊中無色的下巴，使他癱倒在地。

◇

「……失敗了呢。」

「……失敗了耶。」

瑠璃和無色回到彩禍的房間，失落地垂著肩膀嘆氣。

「失敗了是嗎？」

第三章

公主陷囹圄　誰人啟心門

留在房裡待命的黑衣聽完兩人的回報，以一貫的平淡語氣回應。

「對……原本感覺還滿順利的，瑠璃也很努力。」

「……就、就是說啊……」

無色這句話讓瑠璃回想起剛才的事，雙頰泛紅地別過視線。

「我想重新擬定對策。可以告訴我發生了什麼事嗎？」

「好。我說完自己打從心底愛著瑠璃之後——」

「用不著說得這麼詳細～～～～～～！」

無色應黑衣要求回答，瑠璃卻尖叫起來，拿起手邊的抱枕扔向他。

那顆抱枕正中無色的臉，他將抱枕放回沙發上，並告訴黑衣他們在學園長室裡的對話。

「——原來是這樣。」

黑衣聽完無色的說明，以手抵著下巴邊思索邊喃喃自語。

這時羞紅臉的瑠璃突然一臉嚴肅地開口：

「……抱歉，都是我的錯。」

「嗯，瑠璃小姐在這次行動中確實表現得十分軟弱。」

「唔唔……」

黑衣接著說了聲：「不過——」

「就算兩位成功接吻，對方可能還是會再拋新的難題給你們，不用太放在心上——畢竟青緒小姐已經替瑠璃小姐找好結婚對象，從青緒小姐的立場來看，她沒有理由特意拒絕對方，讓瑠璃小姐優先和近親結婚。

不夜城家乃一大名門，對方應該也是門當戶對的望族公子，身為魔術師的實力當然也是重要考量吧。」

「也對……」

黑衣的話讓無色皺起眉頭。

「意思是，扮演瑠璃戀人的人必須是個家世顯赫、實力強大的魔術師，才能推翻這樁婚事是嗎？」

「此外當然還有其他條件，但簡單來說就是這麼回事——問題是這樣的人可不多。」

「咦？我們這兒不就有個完美符合條件的人嗎？」

「「…………咦？」」

無色說完，黑衣和瑠璃便瞪大眼睛，面面相覷。

◇

第三章

公主陷囹圄　誰人啟心門

「…………………………………………………………呃，妳可以再說一次嗎？」

大約過了三十分鐘後。

在〈方舟〉中央校舍的學園長室內，不夜城青緒正苦惱地抱著頭。

不過不難理解她的心情。

因為這次造訪學園長室的——

「好，要我說幾次都行。

——我，久遠崎彩禍真心愛著不夜城瑠璃。

請允許我和她結婚。」

正是有著極彩魔女這個綽號的魔術師，久遠崎彩禍。

——當然，其靈魂雖然和剛才一樣是無色，不過青緒並不知情。

是的，彩禍的家世、實力都無可挑剔。畢竟她是〈空隙庭園〉的學園長，魔術實力也被公認為世上最強。單就客觀條件而言，現在地球上找不到比她更好的人。

至於瑠璃本人，則在無色身旁畏怯至極地縮著肩膀。

她雖未發出聲音，但那模樣就像在說：「魔、魔女大人竟然為了我這種人……對不起對不起……我光榮到要自燃而死了……」

「……妳是認真的嗎，彩禍小姐？」

青緒大嘆一口氣，以鬱悶的語氣問道。無色深深點頭。

「當然。我和瑠璃是兩情相悅——對吧，瑠璃？」

「嘶……嘶的！」

無色溫柔地摟住瑠璃的肩膀，瑠璃眼冒金星，激動得語尾上揚。

「……什、什麼……？竟有這種好事……？Oh My Goddess……這是現實？還是夢境？瑠璃色夜空中的Shooting Star……」

瑠璃嘴裡嘀咕著宛如廉價歌詞的句子。

不過無色能明白她的心情。如果彩禍對他做同樣的事，他應該也會有這種反應。

這時青緒忽然想起什麼似的開口。

「……可是瑠璃，妳剛剛不是才說和哥哥相愛嗎？」

「……！那、那是——」

瑠璃紅著臉支支吾吾。

不過無色連忙打斷瑠璃，替她回答：

「——以前的事就別再提了。愛情總是來得這麼突然。」

「……話說那孩子究竟去哪了？我雖然特別准許他入園，但他一個男孩子總不能在校園內遊蕩。」

「我聽不懂妳究竟在說什麼。」

「…………」

青緒聞言就此沉默，擺出一個像是頭痛不已的姿勢，不過應該是無色多心了吧。

「……我想說的有很多，但有一件最重要的事。」

經過數十秒的沉默，青緒再度開口。

「請說。」

「……彩禍小姐，妳是女的吧？」

青緒道出犀利的話語。

沒錯，家世、實力都沒話說的彩禍，唯一的缺點就是這個。

不過這麼大的問題無色事前當然也想過，他露出自信的笑容。

「妳不支持同性伴侶？真沒想到會從妳口中聽見這麼守舊的言論。」

「……我無意否定那樣的伴侶，但是這樣一來就無法留下繼承瑠璃血脈的孩子。這會對不夜城家（我們家）造成莫大的困擾。」

「嗯——」

無色摸著下巴繼續說：

「對了，青緒。」

「什麼事？」

「妳聽過iPS細胞嗎？」

「彩禍小姐？」

青緒加重語氣質疑對方。無色微微聳肩。

「——哎，這種事以後再想就行了吧。瑠璃的心境或許還會發生變化，說不定會想和我離婚，和其他人再婚——這也是有可能的。畢竟人心多變。」

無色自己也知道這是詭辯。

言下之意就是——等瑠璃長大，想自行決定結婚對象時，彩禍就會識相地退出。這很明顯是為了逃避青緒安排的婚約所找的藉口。

但連這樣的歪理出自久遠崎彩禍之口，聽起來竟也頭頭是道。

無色微微一笑，以自信的眼神望著青緒。

「就是這樣——若有人膽敢拆散我們，我可不知道會對他做出什麼事。」

「…………」

這番宣言讓青緒再度陷入沉默。

不過她大嘆一口氣後，轉向瑠璃。

「彩禍小姐說的是真的嗎，瑠璃？」

「是……是的！Fly Away到Milky Way！」

瑠璃邊說邊行了個舉手禮。聽不懂她在說什麼，但勉強可以知道應該是肯定的意思。

青緒又嘆了一口氣，用扇子前端指著兩人。

「——那就在此接吻，證明妳們的愛。」

她再度拋出剛才出給無色和瑠璃的難題。

「……！」

「嗯。」

瑠璃聞言倒抽口氣，無色則微微瞇眼。

這是意料之中的要求。無色和瑠璃皆已做好心理準備，黑衣也給出許可：「現在是非常時期。不要猶豫，直接親下去吧。」

是的，換言之沒有任何問題。

「——瑠璃，來吧。」

無色柔聲呼喚對方，摟住她的肩。

「呼呀！」

瑠璃面紅耳赤，叫到破音。

但無色不以為意，勾起她的下巴。

「魔、魔魔魔魔魔魔女大人……！」

「──不願意嗎？」

「怎──怎麼可能……！」

「那就交給我吧。放輕鬆，用不著擔心──」

無色以嬌媚的聲音說完，緩緩將雙唇靠向瑠璃。

──然而，就在兩人的嘴唇即將相碰之際。

「啊──」

超乎想像的發展讓瑠璃的大腦負荷超載。

她的意識真的Fly Away到Milky Way了。

◇

「失敗了啊。」

「──我很抱歉～～～～～～～～～～～～～～！」

一回到房間，瑠璃猛然做了個彈跳下跪的動作，無論跳躍高度、飛撲距離或下跪姿勢，全都可以拿到超高的藝術分。

黑衣從兩人的互動察覺一切，嘆了口氣。

「失敗了是嗎？」

「對，原本感覺還行的──」

無色簡要說明完，黑衣點頭應了聲「原來如此」。順帶一提，瑠璃全程紋絲不動地維持著下跪姿勢。

「連彩禍大人也不行的話，看來不管帶怎樣的人到青緒小姐面前，她都不會改變決定。──瑠璃小姐，起來吧。就算真的成功了，她可能又會拋出新的難題。」

「是、是真的嗎……？」

瑠璃怯怯地抬起頭。

「對，是真的。」

黑衣繼續說：

「不過，瑠璃小姐也是真的很沒用。」

「嗚哇啊啊啊啊啊啊啊啊啊啊啊啊啊啊啊啊啊啊啊──────！」

這句話讓瑠璃大哭起來。

無色訓了她一聲：

「黑衣。」

「不好意思，總覺得有點好玩。」

黑衣蹲下來安慰瑠璃。

一會後瑠璃終於恢復冷靜，黑衣見狀，再度站起身。

「——不過我有點在意。」

「在意什麼？」

「青緒小姐。在我的印象中，她應該是更明事理的人才對。」

「哦……？」

這話讓無色疑惑地歪起頭。無色和她相處起來並沒有這種感覺——但黑衣和她認識的時間更長，或許真的有什麼問題。

「或許對她而言——這樁婚事的意義就是如此重大。」

「……也許吧。」

黑衣瞇起眼睛，似乎還是不太能接受。

「——總之明天再繼續吧。連續出擊只會讓青緒小姐的態度更強硬。離婚禮還有幾天，我們慢慢進攻吧。」

「嗯……也對。一直往外跑可能會讓對方加強警戒，我今天還是先回自己房間好了——雖說我和魔女大人一同出現在家主大人面前時，她就已經知道我們是一夥的，但沒必要讓風紀委員有藉口管束我們。」

瑠璃說完後重新面向無色，恭敬地鞠躬。

「那麼，魔女大人，我就先失陪了。明天會再過來。」

「好，還有一段路要走，妳好好休養身體。」

瑠璃精神奕奕地答了聲：「是！」隨即走出房間。

◇

「…………呼。」

在〈方舟〉學園長室內，青緒心情憂鬱地細細嘆了口氣。

——現在的局面令人十分傷腦筋。

〈銜尾蛇〉復活了，〈樓閣〉的實力也大幅弱化。

而且還同時出現兩隻大得破紀錄的〈克拉肯〉，這點也讓人在意。雖說在風紀委員和彩禍的努力下沒出大事……長年守護這片海洋的青緒仍有股不祥的預感。

不過——這些都不是最大的問題。

「……沒想到彩禍小姐竟會親自跑來。」

——久遠崎彩禍，眾所周知的世上最強魔術師。想不到她居然會如此堂而皇之地妨礙瑠璃的婚事。

青緒在〈方舟〉內握有絕對權力，但在彩禍面前還是矮一截。當初她答應瑠璃的任性要求，讓瑠璃進入〈庭園〉就讀，事到如今才有些後悔。不過瑠璃能有今天，也是因為在〈庭園〉持續精進的結果，無法一概否定其重要性也是教人苦惱之處。

「……而且還冒出個無色？當時的孩子為什麼現在會……」

青緒不悅地嘀咕，用手扶著額頭。

「真是每件事都不順——」

這時——

她的話戛然而止。

不，說得更精確些——是她突然開始咳嗽，導致話語被迫中斷。

「……咳、咳——」

她摀著嘴猛烈咳了起來。

一會後，青緒大口喘著氣將手從嘴巴上移開。

——手上沾滿深紅色的血。

「……看來不能再拖拖拉拉了。」

青緒以冷到骨子裡的聲音喃喃說完，握起染血的手掌。

第四章　花燭喜筵開　藍焰結契時

「彩禍大人，茶泡好了。」

「好，謝謝。」

實行偽戀人計畫隔天，在〈方舟〉客用宿舍頂樓的房間內，無色喝了一口黑衣泡的紅茶，吐出溫熱的氣息。

時間是十六點五十分。今日的課程已然結束，〈方舟〉的宿舍區隨處可見身穿制服的少女。

這本是晚餐前的悠閒時光。

但無色和黑衣並非只是在休息。

「——差不多該來了。」

「是的，不過她可能得花點時間甩開同學。」

無色低語完，黑衣跟著附和——瑠璃在〈方舟〉極受歡迎。無色回想起她被同學圍繞的光景，不由得輕笑。

是的，無色他們正在等待瑠璃到來，好擬定下一波作戰計畫。

「離婚禮還有五天，我們得在那之前設法讓婚事告吹。」

「是啊，沒錯。不過……到底該怎麼做？」

聽見無色這麼問，黑衣像在比V字手勢般豎起兩根手指。

「詳細內容會等瑠璃小姐來了之後再說明，總之我能想到的計畫大致分為兩種。

——第一種是從對方下手。」

「對方……妳是指瑠璃的結婚對象嗎？」

「是的。無論青緒小姐再怎麼堅持，若對方拒絕這樁婚事，情況可就不一樣了。」

「原來如此，這方法挺有意思的。那麼——」

無色說到一半，忽然「嗯？」地歪起頭。

「說起來……瑠璃的結婚對象究竟是什麼人？」

沒錯。無色聽到瑠璃突然要結婚而嚇了一跳，至今為此東奔西走，卻對她的結婚對象一無所知。

「這就是問題所在——完全查不到瑠璃小姐的結婚對象是誰。」

「仔細想想還真妙，至少也該有個名字吧。」

「您說得是，說不定是青緒小姐刻意隱藏資訊——賀德佳騎士正在為我們調查，但若未找到有用的資訊，就無法採用這類計畫。」

「我懂了……那另一項計畫呢？」

無色說完，黑衣彎起中指，只剩一根指頭豎著。

「是，這項計畫更為簡單明快。」

「嗯。」

「只要請您將阻撓我們的敵人全部打倒，就能解決所有問題，萬事ＯＫ。」

「黑衣。」

聽見她以平淡的口氣說出這種武鬥派的提議，無色不禁冒出冷汗。

「開玩笑的。」

「聽不出是玩笑。」

「就算是彩禍大人，也不能對其他魔術師暴力相向。不過如果不留下任何目擊者，或者將一切責任推到鴇嶋喰良身上，可能就另當別論——」

「黑衣。」

「開玩笑的。」

黑衣吐了吐舌頭，但眼中沒有笑意。

「不過和青緒小姐開戰，實際上就等同於與全〈方舟〉為敵。她們絕不好對付。若是全盛時期的您或許還行，但現在的您不一定能打贏，因此這只能作為最後手段。」

「說得……也是。」

無色嘆了口氣，因自己能力不足而感到慚愧。

與此同時，〈方舟〉內響起鐘聲。

「哦，已經十七點了？」

黑衣望向牆上掛的時鐘低喃。

「瑠璃竟會遲到，真稀奇——」

——無色話說到一半時……

他和黑衣各戴一邊的耳機忽然傳來賀德佳的聲音。

『……小、小彩、小黑……聽、聽得見嗎……？』

「——賀德佳，怎麼了？」

無色如此詢問，賀德佳便語氣慌張地回應：

『糟、糟糕了……我剛剛看了〈方舟〉內的監視器畫面……發現小、小瑠被幾個戴面具的女孩帶走了……！』

「……呃，妳說什麼？」

這話讓無色不禁皺起眉頭。

「怎麼回事？瑠璃被風紀委員帶走了？」

「應該是青緒小姐命令她們這麼做的，但不知道目的為何。」

『我、我聽見……戴面具的女孩們說……婚禮日期提前了……』

「…………！」

無色和黑衣微微倒抽一口氣。

「——彩禍大人。」

「好——我們走吧。」

無色點頭回應黑衣的呼喚，猛地從椅子上站了起來。

◇

〈虛之方舟〉中央校舍後方有一大片竹林，讓人瞬間忘記自己身處海底。

沿著竹林中央的道路一直走，會看到一堵高牆和一扇巨大的門。

——那是魔術師名門，不夜城家本家的土地。

儘管存在於〈方舟〉內部，門後的空間是完全私有地，老師和學生都不得進入。能夠進出的除了不夜城家的人，就只有擔任警衛的風紀委員。

連黑衣也不甚清楚牆後的狀況。

由於〈方舟〉的特殊環境與不夜城青緒的絕對權力，這片土地實質上有著治外法權。說得極端些，即使不夜城家中發生刑案——甚至有人身亡——仍能由青緒全權決定要如何處理。

這裡宛如神隱之庭、食人惡鬼的肚子，只要踏入就別想出去。

儘管被描繪得多了些怪談色彩，但這就是〈方舟〉以外的魔術師對不夜城本家的印象。

「……瑠璃在這裡？」

無色站在區隔〈方舟〉校園和不夜城家土地的高牆上，低聲呢喃。

『是、是……沒錯。我不太清楚詳情……但小瑠現在似乎就在本家宅第的祭儀廳……』

黑衣聞言，從懷裡拿出裝置給無色看。

畫面上是這片廣闊土地的平面圖，以及一個藍色標示。

「賀德佳，妳真有一套。」

『……嗚嘻……這、這都是為了幫助小瑠……』

賀德佳笑著說道，她的笑聲即使透過通訊也顯得生硬。

「警備方面如何？」

『啊……嗯。裡頭有好多戴面具的女孩……』

「這樣啊，她們果然在提防彩禍大人——賀德佳騎士，妳能不能像瑠璃小姐來彩禍大人房間時那樣，在監視器中播放看起來安然無事的影像？」

『可、可以是可以……但現在的情況和當時不同，她們已經預設會有入侵者，做足了準備，因此效果應該很弱……』

「嗯……真麻煩。」

黑衣摸著下巴說完，賀德佳便『呼……呼嘻……』地吐氣。

『所以我在想……與其以不被發現為目的，將目的改為擾亂敵人或許比較好……』

「哦？」

『這、這邊就交給我……妳們去救小瑠。』

「好，麻煩妳了。」

無色說完，賀德佳再度害羞地笑了笑，結束通話。

這時黑衣靜靜地開口：

「——彩禍大人，我最後想再向您確認一件事。」

「什麼事？」

「我剛才半開玩笑地提議可以用武力解決，但實際上闖進不夜城家強行帶走瑠璃小姐可不是開玩笑的。這等於向不夜城家宣戰，也是一種不正當的干涉。倘若此事公諸於世，就算是彩禍大人也難免會受到各界批判——即使如此，您還是要救瑠璃小姐嗎？」

黑衣淡淡地提出忠告。

她說得沒錯。即使是世上最強的魔術師，也不能肆無忌憚地為所欲為。這樣的行為無疑會讓彩禍蒙受損害，也違背了無色的本意。

「…………」

無色關掉耳機後，重新面向黑衣。

「——可以和妳談談嗎？」

他以自己原本的的口吻問。

「——什麼事？」

於是黑衣應他的要求將耳機關掉，也用彩禍的口吻回答他。

「……首先我要向妳道歉。這是我和瑠璃的問題，很抱歉將彩禍小姐捲入其中。」

「嗯，然後呢？」

「在此前提下，我想拜託妳——請助我一臂之力。我不確定自己能否彌補彩禍小姐在此次事件中受到的損失，但我會盡最大的努力。因此，請妳幫助我的妹妹——幫助瑠璃。」

無色說完，黑衣垂下視線。

「好。我明白你——玖珂無色的想法了。再來我要問你一個問題。」

「是。」

無色直視著對方回應，彩禍卻又改以黑衣的神情和口吻說下去。

「彩禍大人會怎麼回應這個請求？」

「……………」

無色仿效黑衣，也恢復原本的神情。

「黑衣。」

「是。」

「——這問題問都不用問。」

他不帶一絲迷惘說完，蹬牆縱身躍至空中。

身為哥哥，他不可能在瑠璃身陷危機時坐視不管。

彩禍也一樣——

不可能因為前述那些原因就對自己的愛徒見死不救。

「回答得很好。」

黑衣說完也蹬向牆壁，跟在無色身後。

◇

「——甲之參，無異狀。」

「乙之壹，相同。」

「丙之伍，相同。」

位於不夜城本家範圍內的警備室，現在正充滿緊張氣氛。

房內擠滿十名左右的風紀委員，滴水不漏地檢查無數螢幕上映出的不夜城家內部影像，但相互報告的聲音卻透著一股前所未有的緊張。

這樣的反應再正常不過。因為不夜城瑠璃正在本家宅第最深處的祭儀廳準備舉行婚禮。婚禮堪稱不夜城家最重要的儀式之一。萬一儀式出了差錯，事情可就嚴重了。

不過——原因當然不止於此。

最讓風紀委員提心吊膽的，是企圖妨礙這場婚禮的人。

「……她真的會現身嗎？」

話語悄聲響起。

一名風紀委員在面具下喃喃自語。

那口吻聽起來既像在懷疑妨礙者的存在——也像是因為按捺不住緊張，脫口而出的虛張聲勢。

「就算是〈庭園〉的魔女大人，闖入不夜城本家妨礙婚禮也是一大問題，甚至可能被迫卸下學園長一職。她不會為了一個前徒弟冒這種風險吧。」

這番話引起些微騷動。

不過另一名風紀委員隨即開口責備說話者。

「妳說的這些我就當作沒聽到，回去監視崗位。妳應該知道對這種人大意不得吧？」

「可是……」

「妳忘了家主大人說的話嗎？對方可是『那個』久遠崎彩禍，不知道會做出什麼——」

這時注視著螢幕的風紀委員安靜下來。

因為監視器影像產生了變化。

「咦……？」

風紀委員眉頭一皺，將臉靠向螢幕。

那是本家庭院的影像，一道剪影出現在畫面中。

她有一瞬間認為那就是久遠崎彩禍——但並不是，那顯然不是人類。它有著巨大但瘦長的身軀，身形猶如四足動物，唯有脖子異常細長。

那個不明生物搖晃著長長的脖子，朝攝影機跑來。風紀委員被這突如其來的光景嚇得「咿！」了一聲。

然而，狀況不止於此。

滿滿排列在警備室牆上的無數螢幕全都映出類似的怪物。

「什──」

「這到底是什麼……！」

警備室的監控螢幕被那古怪生物掩沒。

這時風紀委員們才發現那些怪物原來是製作得極為粗糙的ＣＧ。

「難道……警備系統被人入侵了嗎……？」

「什麼？趕緊修復系統──」

「更重要的是，宅第那邊狀況如何？有聯絡我們嗎？」

「聯、聯繫不上……！」

警備室一陣譁然。

在這之中，第一個發現畫面異常的風紀委員盯著畫面上跳著滑稽舞步的「東西」，呆愣地問了一聲：

「為什麼……是長頸鹿……？」

◇

——無色等人在賀德佳的帶領（導航）下，於夜幕低垂的不夜城本家土地範圍內狂奔。

他們翻牆進來後過了一會警報都沒響。兩人避開道路，在竹林間穿梭，最後終於看到氣派的宅第。

「嗯，就是那裡吧？」

「看來沒錯。沒想到一路上竟然連一個人也沒遇到。賀德佳騎士，妳的手段真高明。」

『嗚、嗚嘻嘻……』

聽見黑衣的稱讚，賀德佳難為情地笑了起來。

『不、不過妳們還是要小心，宅第周圍應該有很多警衛——』

賀德佳話才說到一半。

「——！久遠崎學園長……？」

右方忽然傳來一道聲音。

無色循聲望去，只見那裡有幾名臉戴面具、身披外套的少女——擔任警衛的風紀委員。

「哎呀。」

「這麼快就發現我們了。」

無色和黑衣冷靜地說完，風紀委員立刻散開，試圖包圍他們。

「……您怎麼了，久遠崎學園長？這一區禁止進入。」

對方姑且還是客客氣氣地提醒了一下。無色回以微笑。

「這樣啊？那可真是抱歉。我出來散步，不小心迷路了。妳們來得正好，可以為我帶路嗎？——帶我去瑠璃所在的祭儀廳。」

「……！」

對方聽見這句話，便確定了他們的目的。看似隊長的風紀委員一聲令下。

「第二顯現，展開！」

「是！」

少女們的頭部隨即亮起兩片界紋。

與此同時，她們手中也出現由魔力構成的附有刀刃的長槍。

——與〈克拉肯〉對戰時，無色就覺得這景象很奇妙。黑衣曾說顯現術式是一種以「人體資訊」為構成式的魔術，型態千差萬別，很少有人的顯現體可以相像到這個地步。

不過，據說顯現體的形狀和效果一定程度上還是可以經過後天設計。她們是擅長團體攻擊的一群人，或許是為了確立戰術，才刻意讓顯現體呈現類似的外型。

第四章

花燭喜筵開　藍焰結契時

「——攻擊！」

無色還在思考這些事時，一陣怒吼響起，分散在四周的風紀委員一同撲了上來。

「彩禍大人。」

「——不用擔心。」

無色簡短回應黑衣，將右手伸向前方，瞇起眼睛。

「第二顯現——【未觀測箱庭（Stellarium）】。」

那瞬間——

他的頭頂浮現兩片圓形界紋，手中也出現頂端裝飾著迷你地球的巨大權杖。

接著無色將權杖底部敲向地面——

「什……！」

生長在周圍的無數竹子如蛇一般扭曲，束縛住準備攻擊無色的風紀委員，將她們五花大綁起來。

「這、這是——」

「唔……唔！」

風紀委員們揮動手腳試圖掙脫束縛，最後卻被竹子緊緊捆住全身，失去意識。

「呼——」

無色確認打敗她們後，輕嘆一口氣。

彩禍的第二顯現【未觀測箱庭】能讓世界發生有限度的異變。倘若施術者想像力豐富，這項術式的用途將會十分廣泛。

第四顯現固然強大，相對地魔力消耗量高，風險也高。而且這次的對手是人類，無色現在還無法完美掌控魔力，在此狀態下使用第四顯現太過危險。所幸黑衣曾為無色進行特訓，讓他得以在平常時候僅用第一和第二顯現就能分出勝負。他本來還有點擔心，幸好這次成功了。

「表現如何？黑衣——」

「——彩禍大人，上面！」

然而——

無色正要轉向黑衣的那瞬間就聽見她的聲音。他倒抽口氣，將手中的權杖往上舉起。

下一刻，一陣尖銳的聲音傳來，他的手臂也感受到強烈衝擊。

一名風紀委員舉著由魔力幻化成的刀，從上空朝無色飛來。

「唔——」

無色皺著眉將襲擊者甩了出去。面具少女在空中翻了一圈後落地。

少女不敢大意地舉起刀，在面具下發出哀號。

「……妳瘋了嗎，久遠崎學園長？居然使出這種強硬手段。」

無色這才發現少女就是淺蔥。他瞇起眼睛，並讓呼吸緩和下來。

「強硬手段？看來妳誤會了呢。」

「誤會……？」

「風紀委員也是〈方舟〉的學生吧？我想特別為妳們上一堂實戰課。

——能和久遠崎彩禍交手的機會可不多，謹慎出招吧。」

「開什麼玩笑……！」

聽見無色這麼說，淺蔥氣到發喘，蹬地撲了過來。

「【未觀測箱庭】——！」

無色舉起權杖迎戰。無數竹子發出五彩光芒，柔軟地舞動試圖抓住淺蔥。

「疾——！」

然而淺蔥向後跳躍，避開竹子的亂舞，並且藉著那股力道將手中的第二顯現之刀奮力一揮。

當然兩人離得很遠，泛著藍白色光芒的刀身應該只能在半空中徒然留下一道殘影。

沒想到——

「…………！」

無色倒抽口氣。淺蔥揮出的刀子突然彎曲變形，接著就像鞭子一樣拉長並伸了過來。

「唔……！」

由於事出突然，無色的反應慢了一拍。

不過，就在刀鋒碰到無色胸膛的前一秒。

「嘖──」

淺蔥發出這樣的聲音，向後跳開。從她手中延伸出去的刀身也隨著她的動作被往後帶。

無色立刻明白淺蔥為何會採取這種行動。

因為黑衣使出的上段迴旋踢掃過一秒鐘前淺蔥頭部所在的位置。

「哦，真虧妳躲得掉。」

「妳這傢伙──」

淺蔥握緊刀柄，想讓刀身再度變形。

不過她未能如願。

因為無色射出的五彩魔力光在失去平衡的淺蔥的額頭上炸裂。

「────」

淺蔥的面具出現裂痕。

她就此失去意識，仰著倒下。頭部的界紋和右手中的刀柄都消失不見。

第四章
花燭喜筵開　藍焰結契時

「……抱歉，黑衣，謝謝幫忙。」

「不會，這是侍從的義務——彩禍大人也表現得很出色。第一顯現、第二顯現用起來都熟練了許多。」

黑衣一臉平靜地說。無色露出苦笑，低頭望向倒在地上的淺蔥。

「不愧是負責〈方舟〉警備之人，身手果然不凡……不過總覺得好像在哪見過剛才的第二顯——」

無色的話戛然而止。

原因很簡單。因為被無色的光線攻擊後出現裂痕的面具已完全裂開，使淺蔥隱藏在面具下的臉暴露出來。

「————啥……？」

他瞬間張大眼睛，發出不像彩禍的呆愣聲音。

但沒有任何人能責備他，畢竟任誰看到那張臉都會有這樣的反應。

因為——

「瑠……璃……？」

隱藏在面具底下的，正是無色的妹妹不夜城瑠璃的臉。

「咦……什、這、這是怎麼回事……？」

無色目瞪口呆，甚至忘了模仿彩禍的口吻。

「…………」

黑衣並未責罵他，只是微微皺著眉在淺蔥身旁蹲下，像要確認觸感般輕觸她的臉頰。

「瑠璃小姐現在應該在祭儀廳才對。可是……好像也不是變裝。

——該不會……」

黑衣彷彿察覺到什麼，迅速站了起來，走向那些被竹子束縛且失去意識的風紀委員。

接著將手伸向她們臉上戴的面具，一個個摘下。

「什——」

眼前的光景再度讓無色屏息。

面具被摘下的風紀委員，所有人——都長得和瑠璃一樣。

「黑衣，這是怎麼回事？」

「…………詳細情形我也不清楚，但有股不好的預感。我們趕緊前往祭儀廳吧。」

黑衣將手中的面具扔到地上，望向聳立在竹林深處的宅第。

◇

「……唔……」

在不夜城家宅第最深處的祭儀廳中，瑠璃正板起臉孔，咬牙切齒。

不，正確來說這是她唯一能做的事。她的身體似乎被施了某種魔術，脖子以下呈跪坐姿勢，無法自由行動。

「……」

瑠璃努力轉動眼窩中的眼球，試圖多獲取一些資訊。

這是個寬敞的房間，木地板上繪有奇妙的圖騰，形成一股異樣的氛圍。這裡沒有電燈，明明是在室內卻燃著篝火。

接著她俯視自己的服裝——忍不住皺起眉頭。

但這也無可奈何。畢竟瑠璃現在正穿著一身純白無瑕的和服。

是的。瑠璃方才在前往彩禍房間的路上遭到風紀委員綁架，被迫沐浴淨身後換上這身新娘服。

被迫換上這身衣服，只可能有一個原因——離婚禮雖然還有幾天，彩禍的出現卻導致婚

第四章
花燭喜筵開　藍焰結契時

禮提前。瑠璃察覺到本家的心思後表情更加扭曲，開始苦思逃跑的方法。

就在這時——

「…………！」

瑠璃的眉毛抽動了一下。

鈴——鈴——

不知從何處傳來搖鈴的聲音。

「這是什麼聲音……」

瑠璃露出疑惑的表情，接著鈴聲越來越大，來到房門前。

隨後她面前的那扇門被緩緩打開。

現身的是一名穿著美麗白色和服的女子。她手裡拿著扇子，頭戴面紗遮住臉部。兩名身穿巫女裝束，拿著神樂鈴的面具少女恭敬地跟在她的左右兩側。

瑠璃見到後，惡狠狠地皺起眉頭。

「……家主大人。」

「很好——這身裝扮真適合妳，瑠璃。妳美極了。」

和服女子——不夜城青緒語帶感慨地說。由於空間昏暗加上她戴著面紗，讓人看不清她的表情，但可以隱約感覺到她露出淺笑。

「……我姑且問一下，這樣到底是要做什麼？」

「我姑且回答妳──接下來將舉行『婚禮』。」

青緒像要回嗆瑠璃般說道。瑠璃憤恨不平地瞪著對方。

「妳真煩人……反正我絕對不會照妳的意思做。管他什麼婚禮，妳敢辦就試試看啊。我才不會任由這種老到發霉的儀式決定和自己共度餘生的伴侶。我會打倒妳擅自決定的新郎，逃離這裡。」

瑠璃藉由虛張聲勢掩飾自己的不安，青緒聞言後細嘆一口氣。

「這可不行。活潑是好事，但應該再優雅一點──畢竟妳接下來將成為不夜城家的一家之主。」

「……咦──？」

瑠璃不明白青緒的意思，不由得皺眉。

於是青緒被逗笑般微笑了一下後，緩慢地摘下面紗。

「什──」

那張臉讓瑠璃驚訝地屏息。

「好了──開始舉行『婚禮』吧。」

青緒說著揚起嘴角。

面具少女揮動神樂鈴的聲音響遍整個祭儀廳。

◇

「——賀德佳，祭儀廳還有多遠？」

『就、就快到了……應該就是……走廊盡頭那個房間……！』

無色邊在不夜城家宅第的長廊上奔跑邊這麼問，耳機裡傳來賀德佳的聲音。

根據她提供的資訊，無色盯著走廊前方，更加賣力地往前跑。

「動作快。」

「是。」

跑在後方的黑衣簡短回答。

無色等人在竹林打倒淺蔥她們後，在宅第中兩度遇見駐守的風紀委員。他雖以彩禍的力量將對方全部擊垮——但不可否認的是，過程仍意外占用了不少時間。

見到淺蔥等風紀委員的長相後，無色心中有股難以言喻的不安油然而生。他在走廊上直線衝刺，想盡快趕到瑠璃身邊。

於是——

「喝！」

抵達目的地後，無色想都不想就把門踹破。

打從入侵不夜城家那瞬間起，他就不認為事情能夠和平落幕。

即使門後坐滿青緒和不夜城本家的人，甚或新郎的家人，無色也會將他們全部打倒，救出瑠璃。

然而——出現在門後的卻是他意想不到的光景。

寬敞的房間內畫著奇妙的圖騰，身穿純白和服的瑠璃一個人背對著門口，跪坐在房間正中央。

環顧四周仍不見一個人影，唯獨放在牆邊的篝火將瑠璃的影子照得詭異搖晃。

「瑠璃！」

無色大喊著直線朝她跑去。

「瑠璃，妳沒事吧？」

「魔女……大人——」

無色晃了晃她的肩膀，她有些呆愣地抬起頭。

「我怎麼會在這裡……？」

她的記憶似乎也很混亂，這麼問道——看樣子可能被施了某種魔術。

第四章

花燭喜筵開　藍焰結契時

儘管瑠璃的狀態令人在意，現在更重要的是離開這裡。無色牽起瑠璃的手，扶她起身。

「走得動嗎？不能再拖下去了，我們快逃離〈方舟〉。」

他說完便拉著瑠璃的手，轉過身打算沿原路折返。

沒想到——

「——彩禍大人！」

「…………！」

黑衣的聲音突然響起，無色憑直覺讓身子往旁邊一閃。

下個瞬間，魔力之刃擦過他的側腹。無色倒抽口氣，往後跳開。

「——哎呀，真可惜。能避開剛才那一擊，挺厲害的嘛。」

「瑠……璃……？」

無色按著刺痛的側腹，用微微顫抖的聲音問了。

只見瑠璃頭部浮現兩片界紋，舉著刀刃宛如鬼火的薙刀站在他面前。

沒錯。儘管令人難以置信，但瑠璃真的使出第二顯現，朝無色砍來。

「【燐煌刃】——系統雖然類似，外型還是有點不同。真有趣。」

瑠璃以感慨的語氣說完，像在玩弄手中的第二顯現般大刀一揮。藍色刀刃隨之搖曳，畫出一道軌跡。

「您沒事吧，彩禍大人？」

「……還好。」

無色一面回應黑衣，一面看向按住側腹的手。

刀刃似乎略微擦破他的皮膚，手掌上沾著鮮血。

「……」

彩禍的身體被人傷害讓無色怒火中燒，但他努力克制激動的情緒。他知道要是衝動行事，可能會讓彩禍的身體受更嚴重的傷。

「妳——到底是誰？」

無色目光銳利地質問那個貌似瑠璃的少女。

再仔細一看，他還是覺得站在那裡的就是瑠璃。風紀委員們只是「長得和瑠璃一樣」，但這個人不管怎麼看就是「瑠璃本人」。

但這是不可能的。

——瑠璃不可能持刀攻擊彩禍。

「呵——」

聽見無色這麼問，貌似瑠璃的少女得意地勾起嘴角。

「真過分，『魔女大人』。難道妳連愛徒的長相都忘了嗎？」

少女半開玩笑地回答。無色不悅地皺起眉頭。
「別胡扯了，妳怎麼可能是瑠璃？」
「呵呵……我沒有胡扯。我真的是不夜城瑠璃。
——至少『身體是』。」
「什麼……？」
無色聞言，訝異地問了。
接著他聽見身後的黑衣倒抽一口氣。
「……唔，所謂的『婚禮』該不會是——」
「哎呀，這位侍從反應真快。」
少女露出狡猾的笑容，將手放在胸口繼續說道：
「——不夜城本家說的『婚禮』指的不是與男性成婚，而是從當代家族中選出新一代『不夜城青緒』的儀式。」
「什——」
這番話讓無色不禁張大眼睛。
選出新的不夜城青緒——無色隱約察覺到這不只是繼承家主名號這麼單純的事。
接著他忽然發現，眼前的瑠璃無論口吻或動作都酷似不夜城青緒。

於是黑衣將無色心中的不安轉換成語言表達出來。

「…………轉移術式。將自己的靈魂轉移到其他肉體的魔術……據說過去曾有位魔術師為了保持自己全盛時期的力量，從衰老的身體轉移到年輕的身體上，藉此實現永生——」

「什麼衰老的身體，說得真難聽。」

少女——青緒呵呵笑了起來。瑠璃絕不會露出這種妖媚的表情，讓無色有股被觸怒的噁心感。

「……也就是說，青緒強占了瑠璃的身體——是嗎？」

「簡單來說差不多是如此。」

黑衣一臉嚴肅地繼續說明：

「……不過和器官移植一樣，靈魂和肉體也有匹配度的問題。若只是單純轉移，靈魂可能無法完整附著在肉體上而發生排斥反應。傳說中的魔術師最終也因為受不了肉體的自我破壞而亡。但要定期更換身體沒那麼容易——」

這時黑衣意識到什麼似的皺起眉頭。

「……！『風紀委員』——」

「…………哦？」

黑衣的低語讓青緒的眉毛抽動了一下。

「妳推論出這一點啦?真厲害。」

「……什麼意思?」

無色小聲詢問黑衣。

黑衣小心地持續盯著青緒，並回答無色：

「……您應該也看到了，風紀委員的面具底下全都是同一張臉，就像某人的複製品。」

「嗯——」

無色回想剛才的狀況，點了頭。見到無數有著和瑠璃同樣面孔的少女倒在地上，簡直就像一場惡夢。

「我剛才說靈魂和肉體有匹配度的問題。反過來說，只要準備許多與自己靈魂匹配的肉體，就能隨時轉移至年輕的肉體上。

進一步說——和自己的靈魂最匹配的，當然是自己的肉體。」

「…………唔，難道?」

聽見黑衣這麼說，無色的目光變得更加銳利。

青緒正面迎上無色的視線，攤開雙手。

「沒錯，風紀委員全都是不夜城青緒（我）的複製人（Clone）。她們是守護這片海洋的衛兵，也是治理〈方舟〉的不夜城本家成員。」

「——」

這令人震驚的資訊讓無色瞬間無語。

但他腦中隨即浮現一個疑問。

「怎麼可能？那瑠璃呢？」

「瑠璃正確來說並不是『我本人』——複製人中有些女孩會和男性成婚，生下小孩。那就是所謂的不夜城家分支。

她們生下的孩子會大幅繼承我的特徵，但繼續繁衍下去，這些特徵似乎也會越來越少就是了。」

青緒說著將手放在胸口——就像在主張這副身體屬於自己一樣。

無色咬牙切齒地瞪著青緒。

「……所以妳就不斷將自己的靈魂轉移到當代擁有最強肉體的族人身上——是嗎？」

「別那樣瞪我嘛。成為我的容器是不夜城家女人的人生目的，她們應該感到無比開心才對，畢竟她們從一開始就是為了替代我而生的。妳反倒該感謝我，因為我大發慈悲用了離家女孩的身體。」

青緒臉上露出卑劣的笑容說道。

無色板著臉孔，毫未掩飾自己的不快，擠出近似嗚咽的聲音。

第四章

花燭喜筵開　藍焰結契時

「………黑衣。」

他低喚一聲，黑衣立刻察覺到他的意思，予以回應。

「……轉移完成後還沒過多久，瑠璃小姐的意識應該尚未消失。只要將青緒小姐的靈魂從肉體中抽離出來，或許還有機會。」

「……好。」

無色微微點頭後，重新面對青緒。

「看來婚禮已經結束，我差不多該告辭了。

不過——我也不是吃飽太閒，都特地跑來海底了，拿個伴手禮應該不為過吧？」

他說著將右手伸向前方。

接著他的頭頂浮現兩片界紋，手中也出現權杖。

青緒看到後壓低重心，舉起薙刀。

兩人之間瀰漫著一觸即發的緊張感。

「——我有點意外。」

「意外什麼？」

「我還以為彩禍小姐能理解我的想法。」

——剎那間。

青緒手中的薙刀刀刃猶如熊熊火焰膨脹開來，化作無數根針襲向無色。

「唔——」

無色皺著眉，將權杖底部敲向地面。

一瞬間，構成房間的木材全像波浪一樣躍動起來，在無色面前形成屏障。泛著藍光的細針全數扎在那堵牆上。

「呼——」

然而對方的攻擊並未就此結束。青緒用力踏步，轉了一圈，使【燐煌刃】大幅旋轉。細長的無形刀刃隨著她的動作在空中舞動。

轉瞬間，藍色刀刃便逼近無色的頸邊。無色在危急之際將上半身後仰，閃過攻擊。

「【未觀測箱庭】……！」

他就著不自然的姿勢握緊權杖，擠出聲音。眼前各種物質像是有了意識般變換形狀，伸向青緒。

「——太弱了。」

然而青緒仍自信地勾起嘴角，大刀一揮就擋下從四面八方襲來的攻擊。

她所用的是世上難得一見的刀刃，像水一樣柔軟又無比鋒利，更如同火一般熾熱。

無色一直在瑠璃身邊看她戰鬥，自以為已經了解其力量——直到現在和青緒交手，才明白自己的認知太粗淺了。

既純粹又能化為無形。千變萬化的戰略術式能因應一切局面，顯現體更是完全呈現出不夜城瑠璃本人的天才特質。

再者，青緒才剛轉換完身體就能完美發揮，其身手也不同凡響。

「…………」

無色大口喘氣的同時，青緒舉著薙刀不敢掉以輕心，但狐疑地瞇起眼睛。

「妳真的是彩禍小姐嗎？」

她又問了一次曾在學園長會議上問過的問題。

無色瞬間心裡一驚——隨即回以自信的笑容。

「……妳說呢？說不定跟妳一樣，被別的靈魂強占了身體喔。」

他以戲謔的語氣說完，青緒便哼了聲，一笑置之。

「這回和妳交手起來太沒勁了。妳的術式強歸強，但僅止於此，完全不具威脅性。究竟是因為瑠璃體內蘊含的潛能如此之大？還是說——堂堂極彩魔女大人竟無法對愛徒的身體動真格？」

青緒說著不悅地露出犀利的目光。

「雖說只要妳死心離開，對我來說就夠了……但這麼明顯地放水還是讓人很不爽——我正好想試一下新身體的性能，妳就陪我練練吧。」

接著她單手結印，喊出招式名稱。

「第三顯現——【旭光拵】。」

在青緒的呼喚下，她的頭部浮現宛如惡鬼之角的第三片界紋。

同時她的身體也被藍色火焰包裹，那團火焰隨即轉變為形同甲冑的裝束。

第三顯現，「同化」位階。魔術師用顯現體包裹自己身體的戰鬥型態。

「彩禍大人。」

「……好！」

對手已使出第三顯現，用第二顯現與之對抗未免太過不利。因此無色回應黑衣後，集中精神。

「第三顯現——【不確定王國(Animaclad)】……！」

無色頭頂也浮現第三片界紋，使他的身體被五彩光輝包覆，最後在他身上形成一套莊嚴的禮服。

青緒見狀露出滿意的笑容。

「謝謝妳答應我的要求。妳的第三顯現還是這麼迷人，讓我看得好陶醉呢。」

「……那身第三顯現也很適合妳啊。不過我還是希望由瑠璃自己展現她的第三顯現給我看就是了。」

無色和青緒互相恭維了幾句後——

不約而同地蹬地躍起，再度展開戰鬥。

披上甲冑的青緒可說和剛才判若兩人，這就是為什麼第三顯現會被稱為「同化」位階。魔術師被顯現體包覆後，身體就像化為顯現體，能獲得超乎常人的運動能力以及承受得住這些能力的強韌肉體。

青緒憑藉著鍛鍊至極限的腳力與動態視力，使出快得看不見的猛攻。常人連要辨認出她的攻擊都很困難。

「喝……！」

不過無色也被第三顯現包覆。他雖然是個菜鳥，所用的仍是世界最強魔術師久遠崎彩禍的術式。無色揮動第二顯現的權杖，勉強應付青緒的攻勢。

兩名學園長級的魔術師以第三顯現互相爭鬥，猶如鐵風的魔力漩渦襲捲整個祭儀廳。

「唔————」

無色在此極限狀態下努力思考。

——對手是海中霸者不夜城青緒，戰力如眼前所見。無色現在用彩禍的術式光是防守就已耗盡全力。

若要救回瑠璃就必須讓青緒認輸，再使用一次轉移術式。

然而——無色真的辦得到嗎？

唯一的希望只能寄託在第四顯現上。那是魔術師的奧祕與頂點，其力量可謂無人能及。但無色尚未熟練掌握那股力量。要是一個不小心，沒控制好力道，可能會對瑠璃的身體造成無可挽回的傷害。不，說不定還會奪去她的性命——

「…………唔——」

腦中閃過的想像讓無色不禁屏息。

這時身後傳來黑衣的聲音。

「——彩禍大人！魔力流出量太大了！請您冷靜一點——」

「…………！」

無色聞言，肩膀一震。他身體散發出的魔力量會根據精神狀態而有所變化。要是現在變回原來的身體，原本握在手中的些微勝算也會失去。

沒想到這樣的猶豫反倒造成更大的破綻。

「——有機可乘。」

剛聽見這句話，下個瞬間，青緒便高舉著【燐煌刃】出現在他眼前。

刀柄前端形成前所未有的巨大刀刃，要貫穿祭儀廳的牆壁般直線延伸，有如巨人之刀。

「【燐煌刃】——〈焰斷〉。」

青緒開口的同時大刀一揮，將祭儀廳的牆壁和天花板劈成兩半，使無色的視野被藍色火焰填滿。

◇

——他不太記得發生了什麼事。

——也不太清楚自己做了什麼。

無色回過神，才發現年幼的瑠璃抓著自己哭泣。

（……！哥哥、哥哥——）

她圓滾滾的眼睛浮現斗大的淚珠，緊抓著無色的胸口。

無色溫柔地摸摸瑠璃的頭，靜靜地微笑。

（放心，哥哥絕對會保護妳的——）

◇

「……啊——」

臉頰感受到一陣輕微衝擊，讓無色醒了過來。

他轉動眼球，試圖了解現況。

——他首先發現自己恢復成了玖珂無色的身體。

接著察覺到自己躺在陰暗的角落，並且看見賞了自己一巴掌的黑衣。

「你醒了嗎？」

「……託妳的福。」

無色摸著臉坐起身，仔細端詳黑衣——她的衣服上到處是燒焦痕跡。看來黑衣在危急之際從青緒的攻擊下救了無色。

「……抱歉，謝謝妳救了我。」

「不會。還是要小心點，戰鬥還沒結束。」

黑衣說著抬起頭，望向斷垣殘壁的另一頭。無色順著她的視線望去。

映入眼簾的，是由於青緒的一擊導致半毀的不夜城宅第。四周被大量瓦礫掩沒，隨處可

第四章

花燭喜筵開　藍焰結契時

見藍色火焰。就某方面來說，算是相當奇幻的光景。

身穿甲冑、手握薙刀的不夜城青緒獨自站在瓦礫荒野中心。

她似乎認為逃過攻擊的彩禍正躲在某處伺機反擊，因而謹慎地四處張望。

不用說，那張側臉看上去和他妹妹瑠璃並無二致——無色感覺心臟像被揪住似的，不禁皺起臉。

「……我得趕緊去救瑠璃。黑衣，請提供我魔——」

無色說到一半，黑衣便將手指按在他脣上，阻止他說下去。

「我拒絕。」

「黑衣……？」

她的回答讓無色瞠目結舌。

「為、為什麼？憑我的身體是打不過她的。」

「嗯。言下之意是變成彩禍大人的身體，就能打贏她嘍？」

「這、個嘛……」

無色聽了支吾其詞。剛才他和對方一樣用了第三顯現，卻嘗盡苦頭。

「但也不能因為這樣就放棄吧？強占別人身體是不可饒恕的事——」

「——所以你也覺得我的行為不可饒恕嘍？」

「咦……？」

她突然換成彩禍的口吻，令無色忍不住皺眉。

「青緒創造自己的複製人，藉此定期更換身體——這行為確實有很多倫理上的問題。但若是這樣，使用人造人身體的我是不是也該受譴責呢？」

彩禍自嘲地說完，將手放在胸口。

「————」

方才聆聽轉移術式的說明時，無色就有股熟悉感，如今才明白那股感覺從何而來。

沒錯。因為彩禍也將自己的靈魂轉移至實驗用的人造人身上，讓自己得以活下去。

「可、可是黑衣的身體裡本來是沒有靈魂的——」

「……是啊——不過倘若人造人有靈魂，又如何呢？你覺得我就該任由自己消失嗎？」

「——唔——」

無色不由得屏息，但隨即回應對方。

「妳的意思是如果我認同彩禍小姐的存在，就該接受青緒小姐的做法，放棄瑠璃嗎？」

「…………」

彩禍聽完無色說的話，沉默了一會才開口：

「如果我這麼說，你會怎麼做？」

「…………」

無色深吸一口氣後，搖了搖頭。

「這個前提不成立。」

「……哦？為什麼？」

「因為妳不會這麼說。」

無色說完，彩禍便一臉無奈地聳肩。

「捉弄你真不好玩。」

「抱歉，但妳剛剛的表情不像在說真心話。」

「……我有露出那種表情？」

彩禍揉了揉自己的臉。儘管在這樣的情況下，那模樣仍讓人忍俊不禁。

她似乎察覺到無色在笑，就咳了一聲轉換心情，恢復成黑衣的表情和口吻說下去：

「──總之，人與人之間的鬥爭就是一個互相堅持己見的過程。每個人都有自己的理由和動機，勸善罰惡的情節只存在於故事中。

對方是不夜城家的家主不夜城青緒，不是等閒之輩。若要打倒她，就必須下定決心踐踏她的思想，以及她背後的一切。

無色先生，我再問你一次。不論會產生怎樣的後果，你都執意要救瑠璃小姐嗎？」

「——是的。」

無色直視著黑衣的眼睛點頭。

他並沒有輕率回答。畢竟他早就下定決心，無論如何都要救瑠璃。

或許是從無色的表情感受到這一點，黑衣靜靜垂下眼眸，點了頭。

「——好，讓我們回到戰場上吧。」

「好的。請妳協助我進行存在變換。」

無色抓著黑衣的肩膀說道，黑衣卻伸手將他推開，拒絕了他。

「請聽我把話說完——我在剛才的戰鬥中用【審問之眼】觀察青緒小姐，結果發現了一件事。」

「一件事？」

「是的，那就是——」

黑衣靜靜地告知無色。

「————」

在冒著藍色烈焰的瓦礫荒野中，不夜城青緒細嘆著氣，謹慎地環顧四周。

第四章

花燭喜筵開　藍焰結契時

她剛才趁彩禍露出些許破綻使出必殺一擊，但感覺並未擊中。

彩禍可能用了某些方法避免被命中。她可是久遠崎彩禍，就算藏有一兩種殺手鐧——不，藏有一兩千種殺手鐧也不奇怪。

再者，那個愛記仇的彩禍不可能毫不還手就逃跑。她現在肯定仍躲在某處，窺視著青緒的動靜。青緒用力握緊薙刀，朝周圍大喊：

「——彩禍小姐，妳要躲到什麼時候？再拖下去，靈魂和肉體就會完全融合喔。」

她刻意暴露自己的弱點，試圖挑釁。

青緒的靈魂和身體確實尚未完全融合。若彩禍繼續躲下去，情勢將對青緒較有利。然而即使考慮到這點，她也不想給彩禍多餘的時間思考計策，因為這樣風險更高。

像在回應挑釁般，某個東西從青緒的視野死角飛了出來。

「哼——」

青緒不慌不忙地揮起【燐煌刃】，將那東西砍飛。

那東西落地後隨即爆炸。可能是一把被賦予了爆破術式的飛刀。

但彩禍應該也知道這點程度的攻擊傷不了身披第三顯現的青緒，因此這想必是為了掩飾主要攻擊而使出的佯攻。

一道人影隱身在爆炸的煙霧中跑了過來，證實青緒的推論。

「這招太嫩了，彩禍小姐——」

高舉【燐煌刃】的青緒卻在這時皺起眉頭。

原因無他。因為從煙霧中現身的人，並不是彩禍。

那是個有著淺色頭髮、中性面容的少年——之前悄悄消失的瑠璃的哥哥，玖珂無色。

「——趁現在，彩禍小姐！」

「什——！」

無色大喊的瞬間，後方傳來些微窸窣聲。

青緒連忙朝該處望去。

然而出現在那裡的是彩禍的侍從，烏丸黑衣。

「…………！」

——雙重，不，是三重誘餌。那麼彩禍會從哪裡出招——？

青緒正因了解彩禍的實力才會這麼想，但這陣猶豫使她的意識產生些許空隙。

而敵人沒放過這一瞬間的破綻。

本應是第二重誘餌的無色向前踏步，逼近青緒。

「——唔！」

青緒完全猜不透他的用意。這也是誘使她將注意力從彩禍身上移開的佯攻嗎？就算是陷阱，她還是必須處理掉如此接近自己的敵人，因此她揮動【燐煌刃】想將無色從眼前驅離。

藍色刀刃斜向劈砍在無色身上。

「唔……啊……！」

他好歹也是不夜城家的血脈，青緒並不打算取他性命，但那陣攻擊已足以讓他停下腳步。無色的衣服被劃破，滲出血來。

沒想到——無色仍然沒有絲毫猶豫或逡巡，繼續朝她逼近。

「瑠……璃……！」

「什——」

他散發出令人悚然的氣勢，使青緒微微皺眉，用力握緊薙刀。

青緒不想殺他，但也沒有好心到會對來襲的威脅手下留情。她這次準備朝無色的脖子揮下【燐煌刃】。

然而——

「放心……我會——保護妳的——」

「——」

聽見這句話的瞬間，青緒微微屏息。

——因為她無法如願揮動【燐煌刃】。

正常來說，這應該是靈魂和肉體因互斥而發生的偶然狀況，或是由於遭到突襲，在慌亂下所犯的失誤。

但實際上感覺卻像【燐煌刃】——不，應該說瑠璃的身體，拒絕攻擊無色一樣。

不過即使如此也無法改變現況。青緒已用第三顯現包裹身體，不管無色使出怎樣的攻擊，對她都不管用——

「——咦？」

下個瞬間，無色採取的行動卻讓青緒發出怪聲。

這是當然的。

因為無色並未發動攻擊——而是用手扶住青緒的臉，將自己的嘴唇貼到她的雙唇上。

青緒感受到一陣柔軟觸感，腦中因而一片混亂。

她在這令人費解的狀況中逐漸失去意識。

◇

（…………）

寬敞的房間內並排坐著許多戴面具的少女。

第四章

花燭喜筵開　藍焰結契時

房間最深處的竹簾後方有一道女性的身影。

被母親帶來的瑠璃坐在角落，尷尬地縮著肩膀。

（——我看過報告了。）

竹簾後方傳來平靜的聲音。

那是不夜城家之主，不夜城青緒。年幼的瑠璃不清楚她是誰，但仍能隱約感覺到她是個了不起的人物。

（年僅十歲的小孩為了保護妹妹，竟能變出顯現體，打倒滅亡因子——我當初聽到藍生下男孩時嚇了一跳……其中可能有什麼因緣吧。）

（…………）

瑠璃的母親不發一語地垂著視線。然而瑠璃對此不太感興趣——其實她連來這裡都不願意。

之後，周圍的面具少女們開始小聲交談。

（——真厲害。要是繼續修練，不知會變成多強的魔術師——）

（可是身為男性，無法成為家主大人的容器——）

（是沒錯，但當魔術師絕對沒問題——）

少女們七嘴八舌。

她們談論的似乎是她哥哥——聽起來像是稱讚，不知為何卻讓瑠璃有些不快。

這時青緒小聲清了清喉嚨。

少女們的閒聊戛然而止。

（他的才能確實令人驚嘆，同時也很危險。

倘若他持續鑽研，提升顯現階段，說不定有天連他自己也會遭受侵蝕——）

（但家主大人，不抓住這樣的人才實在可惜。）

（而且我們本來就是守護世界的基石。）

（若這條命能拯救世人——）

面具少女們再度開口。青緒深感苦惱地輕嘆口氣。

（…………唔！）

瑠璃不太清楚狀況。

但她隱約感覺到——要是現在不做些什麼，哥哥可能會遭遇不幸。

她當場站了起來，以微弱的聲音開口。

（我、我來——）

（……！瑠璃——）

母親將手放在瑠璃肩上試圖阻止她。但瑠璃不予理會，執意說下去。

（我來代替哥哥戰鬥……！）

（——妳是認真的嗎？）

青緒饒富興致地歪起頭。

（——是的。）

瑠璃直視竹簾後方的身影，以極其冷靜的聲音回答。

（我要成為魔術師，成為不會輸給任何人、無論遇到何種滅亡因子都能打倒的強大魔術師。

如果有危害世界的敵人，就由我來全部打倒。

我絕對會變強到那個地步。所以——）

瑠璃用力握緊拳頭。

（——請讓我哥哥當個普通人。）

（…………）

青緒沉默了一會後，嘆了口氣。

（我倒要看看一個不及格的學生能變得多強。

——好，妳就做給我看吧。）

她舉起扇子指著瑠璃說道。

瑠璃懷著決心，堅定地握拳。

◇

——她不曉得為什麼會想起那麼久以前的事。

不過這段記憶確實成為一條繩索，將自己沉入黑暗深淵的意識拉了上來。

「嗯……唔……」

就像從瞌睡中醒來，模糊的感覺逐漸帶有真實感。

震動鼓膜的些微聲響、搔弄鼻腔的氣味，以及嘴脣上的柔軟觸感——

……嘴脣上的柔軟觸感？

「——唔！」

在觸覺與意識連結的瞬間，瑠璃猛地睜大眼睛。

隨後她認清自己所處的狀況，腦袋更混亂了。

「…………唔！…………！？？！？！？」

不過這是當然的。因為無色正如同睡美人故事中的王子，熱情地親吻瑠璃的雙脣。

——瑠璃感到莫名其妙，驚恐不已。難道說無色看到瑠璃失去意識，終於忍不住吻了她？那樣的話就早說嘛，瑠璃很樂意……不不不，兩人再怎麼說都是兄妹，無色心裡可能也很矛盾。不想破壞這關係，卻又在內心的熱情之火驅動下跨越了不該跨越的界線——天啊，若是這樣，瑠璃該怎麼辦？接受他的心意，回抱住他？繼續假裝昏迷？到底該如何是好？教教我，媽媽。教教我，緋純。教教我，床底下那些女性向成人漫畫的女主角們——

就在瑠璃左思右想時，眼前的景象發生了變化。

無色親吻瑠璃後身上泛起淡淡的光芒，變身成了彩禍。

「…………！？！？！？！？！？！？！？！？！？！？！？！？！？」

——瑠璃腦內更加混亂，就像做了開顱手術，把大腦拿出來用果汁機攪碎再放回頭顱裡一樣混亂。這是當然的，畢竟她看見無色變身成彩禍，還是在和她接吻的過程中，根本就是為瑠璃量身訂作的妄想。不，瑠璃並未對彩禍懷抱戀愛情感，只是將她當作尊敬、崇拜的對象，對她無限敬愛，豈敢妄想和她接吻啊魔女大人的嘴脣好軟……好有彈性……

大腦彷彿要融化並從耳朵流出，瑠璃沉浸在這股感覺中，得出一個結論。

——啊，這是夢。

是夢的話就沒辦法了。瑠璃安心地放鬆全身的力氣。

「──瑠璃！」

化身為彩禍的無色溫柔地抱住差點倒下的瑠璃。

於是瑠璃斷斷續續地開口：

「魔、魔女……大人……？」

「沒錯。妳還好嗎，瑠璃？」

無色面帶微笑詢問完，與此同時黑衣也跑了過來。

「──看來成功了。」

她輕嘆口氣後說。

這就是──黑衣想出的妙計。

青緒的靈魂和瑠璃的身體尚未完全融合，兩者間的連結極其不穩定，只需用些手段從外部吸出魔力就能破除連結。

而無色正具備了從對象身上吸取些許魔力的方法。

沒錯──就是吻。

這方法通常只和黑衣進行，但只要請黑衣事先施予術式，也能從別人身上吸收魔力。

這本來是要讓無色變身成彩禍時的副產品，幸好用在這裡也成功了。

就在無色鬆口氣時，瑠璃骨碌碌地轉動眼睛，開口道：

第四章

花燭喜筵開　藍焰結契時

「那個……我可以問個怪問題嗎……」

「好啊，什麼問題？」

「…………魔女大人，您剛才是無色吧？」

「…………」

無色默默別開視線。

黑衣也默默別開視線。

……是的。這是從青緒手中奪回瑠璃身體的唯一方法——但有個大大大問題，就是得在瑠璃面前執行存在變換。

「咦，為什麼要別開視線……？而、而且……您剛剛……吻、吻了……我吧？後來……無色就變成魔女大人……」

「瑠璃。」

無色露出溫和的微笑，戳了一下瑠璃的額頭。

「妳好像作了個有趣的夢呢，小睡美人。」

「夢……？喔……是嗎……我……是在作夢……」

瑠璃安心地閉上眼睛——

「——呃，哪有可能啊啊啊啊啊啊啊啊啊啊啊啊！」

不，她沒有這麼做。她像個彈簧人偶般蹦了起來，紅著臉張大眼睛。

「這……這這這這這這這這這這這這是怎麼回事！魔女大人是無色、無色是魔女大人——還有，啊啊啊啊啊！」

這時瑠璃忽然想起什麼似的肩膀一震。

「對、對了，之前在圖書館地下室和喰良戰鬥時，無色不是也吻了喰良嗎！我還以為是自己看錯，那時候無色好像也變成了魔女大人——」

「…………」

無色面有難色地望著黑衣。

黑衣思索了一會，最後死心地搖搖頭。

「事物總會伴隨風險。這是奪回瑠璃小姐必定得付出的代價吧。」

「…………也是。」

無色嘆了口氣，緩緩擺正姿勢。

「瑠璃，妳先冷靜下來。」

於是他以勸戒的口吻說道——因為他相信不管頭腦再怎麼混亂，瑠璃都不會忽視彩禍說的話。

「好……好呃。」

和無色想的一樣，瑠璃順從地點頭。

「謝謝。我答應妳，一定會對妳說明詳情。但現在更重要的是——」

就在這時。

不夜城宅第尚未被破壞的某個角落發生爆炸，打斷了無色說話。

「…………！什麼？」

瑠璃皺起眉頭，壓低重心。黑衣也小心地望向該處。

於是有著藍色火焰翅膀的巨鳥，以及領著巨鳥的魔術師彷彿在回應她們似的就此現身。

那是個身穿上等和服，頭部浮現兩片界紋的少女。

那張怒氣沖沖的臉長得和瑠璃一模一樣。

「……妳好大的膽子，彩禍小姐。我是不知道妳做了什麼，竟敢把我的靈魂從瑠璃的肉體抽離出來——」

她惡狠狠地說道。

這番話讓無色確定——這就是不夜城家之主不夜城青緒原本的身體。她從瑠璃的身體中被抽離出來後，似乎回到了自己的身體。

不，說是原本的身體並不精確。這副身體應該也是從無數複製品中選出來的容器吧。

「……青緒。」

看來青緒並未發現無色和彩禍的關係。無色以儼然就是彩禍的態度面對青緒。

「妳能不能罷手？瑠璃已不再是妳的所有物——我不會讓妳將她占為己有。」

「……不行，我需要瑠璃，需要一具不輸給滅亡因子的強韌肉體……！」

青緒眼睛布滿血絲，哀號似的叫道。

然後掩著嘴激烈地咳了起來。

「咳……呃、咳……呃——」

「……！」

無色見狀忍不住皺起眉頭。

青緒口中咳出大量鮮血。

「青緒，妳到底——」

——這時……

就在無色開口的同時——

「…………！」

一陣強烈的震動襲捲了不夜城宅第——不，是整座〈方舟〉。

✡第五章　古之仇敵歿　於今又復生

「——怎麼回事！」

〈庭園〉的騎士兼教師，安維耶特．斯凡納甩動辮子，將〈庭園〉作戰總部的門敞開。

他是個二十五六歲的高挑男子，平時就殺氣十足的雙眼如今顯得更加犀利。

但這樣的反應再正常不過。因為從剛才起，象徵最高警戒的警報聲就在〈庭園〉內持續響個不停。

〈空隙庭園〉除了是魔術師培育機構，也是對抗滅亡因子的基地。中央管理大樓會在滅亡因子出現時成為統御魔術師的司令總部。

裡頭已有許多職員正忙著應付突發狀況。

其中可以看到〈庭園〉的騎士賀德佳和艾爾露卡的身影。安維耶特踏著沉重的步伐大步走向她們，再度發問：

「竟然發布了最高警戒……？到底發生了什麼事！給我說明！」

「咿、咿咿咿咿……！」

聽見安維耶特這麼說，賀德佳肩膀一抖，屈身躲到艾爾露卡身後。

「別凶她嘛，賀德佳會怕。」

艾爾露卡摸著賀德佳的頭說。她是〈庭園〉醫療部的負責人，個頭嬌小，身穿白袍。艾爾露卡雖是騎士中最資深的一個，看起來卻像個國中生，外表和言行的反差有點大。

「……我哪有凶她？」

安維耶特焦躁地皺起眉頭後，無奈地嘆了口氣。

「隨便啦，趕快說明狀況。」

「他這麼說呢，賀德佳。」

艾爾露卡傳話似的對賀德佳說道。賀德佳從艾爾露卡的肩膀後方探頭，小心翼翼地觀察安維耶特的反應。

「你……你講話要再溫柔一點……」

「……不好意思，可以為我說明一下狀況嗎？」

見安維耶特抽動著臉頰說完，賀德佳臉上露出卑微——卻又有些得意忘形——的表情，接著說：

「要、要再……像王子一點……」

「…………我需要妳，可以請妳告訴我嗎，小貓咪？」

「再、再加入一點撒嬌的感覺……」

「好，我要揍人了。」

安維耶特終究是忍無可忍，開始轉動肩膀。

賀德佳嚇得「咿～～！」了一聲，再次躲到艾爾露卡身後。

「適可而止吧，賀德佳。現在情況緊急。」

「好、好的……對不起……」

在艾爾露卡的勸說下，賀德佳將手伸到中央裝置上。

接著那裡便投影出球形的立體影像。

「啊？這是──」

安維耶特看到後皺起眉。

那似乎是地球的模擬影像──下個瞬間，日本近海有個被標記的地點亮了起來，海浪從那裡高高捲起，擴散至整個地球。

那陣巨浪逐漸將地球上的所有島嶼和大陸吞沒，最後倖存的只有海拔三千公尺以上的高山山頂。

「怎──麼回事……？」

看到眼前播放的這段惡夢般的影像，安維耶特板起臉孔。

第五章
古之仇敵歿　於今又復生

「……喂，開什麼玩笑？喜歡惡作劇也該有個限度。」

「可惜這不是玩笑，而是一段模擬影像，模擬現在世上正在發生的現象。

——接下來不到一個小時內，全世界的陸地恐怕都會被大海吞沒，目前尚未找到防範手段，只能在〈庭園〉周圍設立防護牆，此外別無他法。職員們正在聯絡外出的魔術師趕緊避難，畢竟就算在可逆討滅期間內將原因排除，死亡的魔術師也不會復生。」

「等一下！妳說這是滅亡因子？這怎麼可——」

安維耶特說到一半，忽然倒抽口氣。

這確實是宛如玩笑的荒謬現象，但他記得有種滅亡因子能造成這種現象。

「該不會——」

艾爾露卡點頭證實安維耶特的猜測。

「你猜得沒錯，是滅亡因子〇〇四號：〈利維坦〉。

——距今兩百年前，彩禍與〈方舟〉的不夜城青緒共同打倒的神話級滅亡因子。」

◇

——在一陣天搖地動中，表示滅亡因子出現的警報聲響起。

〈方舟〉的不夜城宅第突然進入緊急狀況，無色他們卻呆若木雞地望著吐血的青緒。

「啊……唔……——」

「……？什……」

不只青緒，不知為何就連瑠璃也按著胸口當場蹲下。黑衣連忙跑到青緒身旁關切，無色則在瑠璃身邊蹲下身子。

「沒事吧，瑠璃？」

「是的……這邊不知道為什麼突然好痛……」

瑠璃說著露出自己的脖子。

只見她的鎖骨中間浮現一片恍如刻痕的東西。那奇妙的圖騰深深割裂皮膚，一點點滲出血來。

「這、這是什麼……」

看來連瑠璃也不知道傷痕從何而來。她困惑地邊說邊用指尖輕觸傷口，並皺起眉頭。

「——不夜城學園長，這是……」

青緒的胸口似乎也有同樣的傷痕。黑衣若有所思地低語，然後眼神變得銳利。

「黑衣妳也注意到了嗎？」

無色露出意味深長的表情說道。其實他並不知道這印記代表什麼，但總不能在青緒面前顯得久遠崎彩禍很無知。

「是的——這應該是咒毒之類，而且是極為強大的那種。」

黑衣隨即察覺無色的用意，便簡潔地說明。

「所謂咒毒，是以魔力施加的詛咒兼毒藥……其效果會直接印刻在對象的存在上，因此無法用藥劑等方式解毒。究竟是誰做了這種事……」

「…………」

聽見黑衣這麼說，青緒遮著印記撇過頭。

這時，耳機忽然傳來賀德佳的聲音。

『小、小彩、小黑……！』

「——賀德佳，究竟發生什麼事了？」

無色也很擔心瑠璃和青緒的狀況，但無法對襲捲〈方舟〉的震動視而不見。他摀著耳朵回話後，賀德佳連忙以焦急的語氣說下去。

『海、海洋……好像爆發了危機。因為〈利維坦〉復活了——』

「——〈利維坦〉……復活了？」

「…………！」

無色低聲重複賀德佳的話，青緒聽到後張大眼睛。

「妳說……什麼……？」

她擦了擦嘴邊的血，搖搖晃晃地起身。

碰巧在同一時間，後方傳來一陣尖銳的呼喊聲。

「家主大人！」

那人疾風似的經過無色等人身邊，來到青緒跟前。原來是風紀委員淺蔥。

無色剛才弄破了她的面具，導致她只能以真面目示人。那張和瑠璃相同的臉上滿是警戒和憤怒，將青緒護在身後。

「嗚哇，又是和我長一樣的人……！」

瑠璃見狀，驚得目瞪口呆。

但淺蔥毫不介意，將青緒扶了起來。

「您還好嗎，家主大人！唔……妳們做了什麼——」

她說著以充滿敵意的眼神望向無色他們。

見到青緒口中和胸口流著血跪倒在地，無色等人又站在她對面，會有這種反應或許也很正常。

「淺蔥，不要誤會，我們什麼都——」

無色開口試圖解開誤會。然而在他說完之前，許多面具少女便從周圍聚集過來。

「各位，就在那裡！」

「我們來救您了，家主大人！」

「咦，久遠崎學園長把家主大人痛毆了一頓？」

無數名風紀委員七嘴八舌地叫喊，對無色的辯解充耳不聞，紛紛採取備戰姿勢，完全將無色當成了壞人。

然而——

「……安靜。」

青緒只說了一句話，風紀委員們隨即鴉雀無聲。

「……現在不是說這些的時候，要是那個滅亡因子真的復活——」

她憤恨地說著，揪住自己的和服前襟。

這時無色忽然注意到，淺蔥和其他風紀委員的胸口也和青緒、瑠璃一樣滲著血。

同時黑衣似乎也察覺到這一點。她微微瞇眼，對無色耳語了幾句。

無色聽完，對青緒開口道：

「——妳是在兩百年前被下咒毒的嗎？」

「…………」

青緒聞言保持沉默，但她揪著和服前襟的那隻手卻加重力道。

最後她死心般嘆了口氣。

「……妳的直覺還是那麼敏銳。」

「得到這麼多線索，就算不想知道也會被迫知道——對吧，黑衣？」

「是的。」

無色向黑衣尋求同意——其實他尚未完全釐清狀況，但從青緒的反應看來，由彩禍來說這句話似乎有其必要。

黑衣替無色接著說下去：

「就連身為不夜城學園長複製品的風紀委員和瑠璃小姐身上，都有同樣的咒毒印記，證明那道傷痕是印刻在『不夜城青緒』的存在上。也就是說，她那名為生命的系統有一部分被改寫了。能使出如此強大咒毒的，連在滅亡因子當中都只有極少部分。

最有可能的——就是兩百年前不夜城學園長和彩禍大人一同對付過的神話級滅亡因子，〈利維坦〉……印記之所以在此時顯現出來，也是受到滅亡因子的影響吧。」

「……唉，真傷腦筋。竟然連彩禍小姐的侍從都這麼優秀。」

「……我一直想不通像您這樣的魔術師，為何要採用『婚禮』這般沒效率的儀式……這下終於明白了。」

這時瑠璃不解地攤開手掌。

「等、等一下，黑衣。請妳再說清楚一點！」

會有這種反應也是理所當然。黑衣點點頭繼續說明：

「不夜城學園長身上的咒毒極為強大，會日漸侵蝕對象的身體，一般人只能活幾年，即使是魔術師也只能活二十年——最長不過三十年就會喪命。」

「……什——」

瑠璃瞪大眼睛。

青緒聽了，以自嘲的態度嘆了口氣。

「……說起來丟臉，兩百年前我和彩禍小姐一同對付〈利維坦〉時，不幸得到了這個禮物。

——但我不能死，我這個魔術師對世界來說是重要的一塊拼圖。彩禍小姐應該懂吧？若自己死了，世界會變成怎樣——別說妳從來沒想過這種事。」

「…………！」

青緒這句話讓無色微微屏息。

接著黑衣靜靜地說下去：

「您為了對抗加諸自己身上的死亡命運，便創造自己的複製品，將靈魂轉移到她們身上，藉此存活至今——是這樣沒錯吧？

但那些被複製出來的女孩也是『不夜城青緒』，因此依舊短命。就算您趁她們只有十幾歲時將靈魂轉移過去，還是大約每隔十年就必須更換身體吧？」

「咦……？」

瑠璃按著自己的胸口，滿臉愁容。

那反應既像無意間聽見自己被決定好的剩餘壽命而感到震驚；又像為青緒悲壯的決定感到心痛。

青緒看到後皺起眉頭。

「……我明白自己的行為很不道德，也不想找藉口。我是惡鬼羅剎，為了一己之私觸犯禁忌，創造出無數生命再任意利用，終有一天會遭受報應。」

「您在說什麼，家主大人！您才不是為了一己之私——」

淺蔥出聲反駁青緒自嘲的話語。

「……是嗎？」

黑衣聽了青緒的說詞，細嘆一口氣。

表情充滿對立場相同之人的理解與同情，以及想對朋友的錯誤行為提出建言的感慨。

「不夜城學園長，您的獻身以及對世界的愛令人敬佩，但是——」

黑衣瞇起眼睛，眼中透著平靜的哀傷。

「倘若如此，您為何——不能更加信任自己所愛的人們呢？」

「咦……？」

「——」

黑衣的話讓青緒呆愣地發出聲音——無色則是不禁屏息。

——在與青緒交戰的過程中，黑衣曾表達過自己和青緒差別在哪裡。

那的確是事實。因為彩禍無法接受為了拯救一個人而犧牲無數人。

但彩禍和青緒還有一項決定性的不同。

無色的存在正證明了這一點。

「……我明白妳深愛世界，也切身理解這麼做是在為世人著想。若我遇到和妳相同的狀況，肯定也會有類似的想法。」

無色開口替黑衣接話。

他不知道自己有沒有資格說這種聽起來很自以為是的話。

但無色現在就是久遠崎彩禍。他相信這番話必須由立場和青緒相同的彩禍來說。

「即使如此，我仍要問妳……妳認為在場的瑠璃、扶持著妳的淺蔥等人，還有妳引以為傲的〈方舟〉學生——脆弱得唯有在妳的庇護下才能生存嗎？妳認為未來永遠都不會出現能繼承妳的衣缽——超越妳的魔術師嗎？」

「這、我……」

瀕死的彩禍與無色相遇時曾說過一句話。

——我的世界就託付給你了。

那想必是不得已的做法。若不那麼做，他們倆都會喪命，這世界也會步向毀滅。

因此，這不過是結果論。

即使如此——彩禍仍將自己的一切託付給了無色。

她選擇相信無色這般脆弱又不可靠的存在。

所以無色現在才會像這樣活在這裡。

「就算能用魔術續命，我們終究不能永遠活著，總有一天得將理想抱負託付給後輩。」

無色忽然眼眶一熱。可能因為用彩禍的口吻說話，讓他不自覺激動起來。

但他並未擦拭眼裡泛起的淚水，繼續說道：

「所以絕不能抹殺後輩的可能性。

——這才是我們必須對未來負起的責任。」

「…………！我——」

青緒因無色這番話而哽咽並掩面。

倘若青緒是為了自己才延續性命，對她說這種話也沒意義。

但青緒和彩禍一樣，是深愛世界、守護世界的魔術師。

因此無色必須對她說這番話。

——最後青緒緩緩抬頭。

眼眶泛紅，像哭腫了一般。

「……沒錯，妳說得對。我的腦袋某處一定也明白……這種扭曲的行為不能無止境地持續下去。

……我想我是在害怕，就像離不開孩子的父母一樣，不知道這些孩子能否在沒有我的世界活下去。」

「家主大人——」

淺蔥露出心痛的表情靠向青緒。

青緒將手疊在她手上，望向瑠璃。

「……瑠璃。」

「是……」

瑠璃神情緊張地回應，青緒便以豁然開朗的表情對她說：

「……妳或許會覺得現在說這些太晚了，但我還是要向妳道歉。我差點就要將妳所蘊含的未來從世上抹去。」

「…………」

瑠璃沉默了一會後，用鼻子哼了聲。

「真的太晚了。妳到底把人家的身體當成什麼了？」

「但是——」她接著又說：

「……妳確實長年守護著這片海洋。無數個『妳』為了完成此目標而化為基石，請不要否定她們的功績。」

「瑠璃——」

然而青緒的話語被迫中斷。

原因無他。只因為一陣更強的震動襲捲了〈方舟〉。

「唔……」

「這是——」

「嗚哇……！」

風紀委員們踏穩腳步試圖保持平衡，同時青緒猛咳了一會，接著望向無色等人。

「……如果〈利維坦〉真的現身，全世界毫無疑問會沉入海裡。

——妳們可能會覺得我很自私，但能否幫我這個忙呢？若想打倒那怪物，就需要妳們的力量。」

她歪起滲血的嘴脣這麼說。

這樣確實很自私。畢竟青緒就是奪取瑠璃身體的元凶，幾分鐘前還與無色他們打得不可開交。

但無色沒有絲毫猶豫，隨即點頭。

——因為他確信彩禍一定會這麼回答。

「當然沒問題。因為拯救世界正是我們的使命。」

◇

——巨浪翻騰的漆黑之海中出現許多奇妙的輪廓。

每個都像巨大的拱形。半圓形的「某物」聳立在那裡，就像從波濤洶湧的海面探出頭來似的。

問題在於其數量與規模。

拱形多得連要計算正確數量都很困難，像要掩沒海平線般大量出現。這宛如玩笑或前衛藝術的光景，在太平洋沿岸擴散開來。

幸運——不，應該說不幸——目睹這一幕的人大概也萬萬沒想到……

——這些數不清的拱形在海中竟全部連接在一起。

【————————】

神話級滅亡因子〈利維坦〉扭動著過長的身軀，發出轟天慘叫。

◇

「——」

〈虛之方舟〉的作戰總部瀰漫著緊張的沉默。

原因極為單純。因為總部牆上的主螢幕中映出了神話級滅亡因子〈利維坦〉的身影。

——修長的身軀充斥在舉目所見的大海中。其體型大得不可思議，前幾天出現的巨大〈克拉肯〉在它面前簡直像小魚一樣。由於缺乏真實感，無色不禁覺得這一幕看起來就像一碗湯麵。

「……哎呀呀。」

開口打破緊張氣氛的，是過去親眼目睹過這隻怪物的魔術師之一——青緒。

第五章

古之仇敵歿　於今又復生

「它如今變得真孱弱。」

她歪著眉眼和嘴角，語帶嘲諷地說。

無色一瞬間還以為她這麼說是為了緩和眾人的恐慌——然而不是。

青緒臉上並未流露出那種神色。而且仔細觀察螢幕上的〈利維坦〉，會發現它身上幾乎沒有肉，暴露出扭曲的骨骼。

簡直像博物館中的骨骼標本，或是被吃得亂七八糟的魚。儘管那巨大身軀使人震懾，它的狀態確實就像青緒說的，看起來極為孱弱。

「——彩禍大人。」

「……我明白。」

然而那宛如喪屍的模樣，卻讓無色他們聯想到另一件事。無色簡短地回應黑衣的呼喚。

「這和喰良的第四顯現十分相似。」

聽見無色這麼說，青緒抽動了一下眉毛。

「哦……沒想到會在這種時候聽見她的名字。〈利維坦〉復活……我原本還在納悶究竟發生了什麼事，原來這也是〈銜尾蛇〉的能力嗎？」

「這只是我的推測。喰良的第四顯現【輪迴現生大祝祭（Reincarfest）】能讓死於該地的生物復活，或許也能讓過去被討伐的神話級滅亡因子復活。」

無色這番話造成些許騷動。

然而這很正常。畢竟無色同時也暗示了可能有〈利維坦〉以外的神話級滅亡因子復活。

接下來就要和〈利維坦〉戰鬥，讓大家陷入恐慌總不太好。無色稍微提高音調，誇張地聳了聳肩。

「——喰良還真是自找麻煩。看來她還想再被我扁一次。」

無色說完，有人不小心噗哧一笑，氣氛因而緩和了些——無色再度感受到彩禍的存在有多重要。

「無論如何，我們都不能坐視不管——地面狀況如何？」

『——這部分就由我來報告。』

回應青緒的是一道熟悉的聲音。

下個瞬間，螢幕一角彈出視窗，顯示出艾爾露卡的臉。

是的，為了和地面的人合作，無色便請賀德佳幫忙讓〈方舟〉和〈庭園〉通話。

「哎呀——好久不見，艾爾露卡小姐。很開心看到妳氣色不錯。」

『久違啦，青緒——妳看起來氣色卻不怎麼好，一副快死的樣子。』

「妳講話還是這麼直接。」

艾爾露卡的話讓風紀委員們一陣激動，青緒本人卻用摺扇掩著嘴呵呵輕笑。

『地面一片混亂，恐怕沒有任何方法能阻止陸地被淹沒。全世界可能會像兩百年前一樣被海吞噬。

〈庭園〉等校已布下結界防止海嘯。再來就只能祈禱妳們在可逆討滅期間內打倒〈利維坦〉了。』

滅亡因子正如其名，是「能毀滅世界的存在」的統稱。儘管有程度之別，每次出現都會對世界造成某種傷害。

不過，滅亡因子出現的同時，世界系統會記錄當時的狀態。若能在可逆討滅期間內將滅亡因子打倒，滅亡因子造成的損害就會變成「沒發生過」。

因此不論敵人再怎麼強，無色等人要做的事都很明確。

——就是在可逆討滅期間內設法打倒〈利維坦〉。

反之，若無法做到，世界就會將被海淹沒的狀態當作「結果」記錄下來。

「——交給我吧。只要有我在，任何人都別想傷害世界。」

無色回應了艾爾露卡，作戰總部的職員們隨即發出「「喔喔……！」」的讚嘆聲。

青緒見狀，自嘲地聳聳肩。

「……呵呵，真可靠。不過，彩禍小姐偶然來到這裡，確實幫了我大忙。

敵人雖不是處於萬全狀態，但畢竟是神話級滅亡因子，就算有再多半吊子的魔術師也拿它沒轍。

在場的魔術師中，能打倒這類異形的——就只有兩個人吧。」

這句話讓無色微微歪頭。他並非不理解對方的意思，只是不明白這種事為何要特地說出來。

「妳是說——我和妳嗎？」

無色說完，瑠璃、風紀委員和職員們紛紛點頭同意。那是當然的，畢竟兩百年前〈利維坦〉以萬全之姿現身時，打倒它的正是彩禍和青緒。

然而，有兩人未表示贊同——是黑衣與青緒。黑衣靜靜垂下視線，青緒則咯咯笑了。

「別開玩笑了。還是說，妳是在留面子給我？如果我能施展全力，那還說得過去。如今拖著這個半死不活的身體，只會拖累妳們而已。」

經她這麼一說，無色張口結舌。青緒說得沒錯。正因如此，她才想轉移至新的身體。不管原因為何，無色終究阻止了她的轉移，現在還說這種話只會被當成挖苦人的笑話。

那麼，另一個人究竟是——

「是妳，瑠璃。」

青緒合起摺扇對瑠璃說了。

「……我、我嗎？」

被點名的瑠璃驚訝地指著自己。

「是的，妳一定能殲滅我們的仇敵。這個任務——可以交給妳嗎？」

「——」

青緒的話語讓瑠璃瞪大眼睛——

「……好的，我會努力。」

最後她還是點頭答應。

青緒滿意地頷首。

「很好。那麼，所有人各就各位。告訴全校同學，本校接下來將採一級戰鬥配置。目標是神話級滅亡因子〈利維坦〉。我們將揮下鐵鎚，制裁入侵這片慈母之海的無禮之徒。

——〈虛之方舟〉，『啟航』。」

◇

『──謹通知全校同學，本校將採一級戰鬥配置，請在確保自身安全的前提下，前往指定位置。

再重複一次。本校將採一級戰鬥配置，請在確保自身安全的前提下──』

〈虛之方舟〉內響起宏亮的廣播聲。

仍留在地面的學生聽了，連忙躲進地下設施避難。

沒多久，地面上便一個人也不剩。

待所有人都去避難後，城鎮隨即變換面貌。

道路兩側的商店與街燈接連被收納進地面，再蓋上堅固的防護牆。接著地面出現裂痕，伴隨著低沉的機械運轉聲組裝出新的外型。

不久，熟悉的街道變成宛如城郭的樣貌，頂端是中央校舍的天守閣。

「──真壯觀。」

「是的……這是〈虛之方舟〉的突擊潛航型態──我之前就聽說過，今天才第一次親眼見到。」

無色和瑠璃站在中央校舍屋頂上俯視這幅光景，感慨地互道感想。

瑠璃的聲音帶有一絲緊張和慌亂。無色微微一笑，望向她。

「──妳會害怕嗎？」

「……嗯，有一點。」

瑠璃誠實回答。

「……在剛才那種情況下我不得不回答『我會努力』，但老實說還是有點不安，不知自己能否辦到。」

她說著握起微微顫抖的手。

然而這很正常。不只是因為敵人是神話級滅亡因子──還因為青緒那句「交給妳」蘊含著比字面更深的意義。

「妳一定辦得到。」

「應該……吧。」

瑠璃不安地回應，接著怯怯地說：

「而且還有一件事……」

「什麼事？」

「我分不清現在說話的究竟是魔女大人還是無色，讓我覺得很恐怖。」

「…………」

瑠璃這句話讓無色冷汗直流。

……她會有這樣的疑惑很正常。剛才的對話被突然出現的青緒和〈利維坦〉打斷，但瑠璃當然沒忘記這回事。

「從什麼時候開始？究竟是從什麼時候開始的？我記得自己好像對魔女大人說了不少關於無色的事。」

「……該怎麼說呢，等一切結束後，我會好好向妳說明的。」

「好，我明白了。不過想拜託您一件事。」

「什麼事？」

「說明時請務必用魔女大人的外型。」

「哦，為什麼？」

「用魔女大人的外型，我還能稍微克制住自己的情緒。」

「…………知道了。」

無色努力不讓聲音顫抖，這麼回答。

她的話某方面聽起來像玩笑，但那渙散的眼神和微顫的指尖又像在說：「拜託……別讓我成為殺人凶手……」

第五章

古之仇敵歿　於今又復生

這時──

「看來兩位已經準備好了。」

後方傳來一道聲音，無色和瑠璃同時回頭。

這才發現站在那兒的是黑衣。

「黑衣──？」

「……妳怎麼會來這裡！」

瑠璃發出怪叫。這是當然的，因為〈方舟〉即將啟航，無色和瑠璃以外的人應該都已躲至地底才對。

不過黑衣毫不介意，淡淡地說下去。

「──我來向兩位提出一個建議。」

「建議……？」

「是的──不能由彩禍大人打倒〈利維坦〉。」

「──……什麼？」

聽見這句話，無色和瑠璃不禁疑惑地對看。

「——已採取一級戰鬥配置！」

「〈虛之方舟〉突擊潛航型態，變形完成！」

「隨時可出航！靜候指示！」

〈方舟〉作戰總部，職員和風紀委員的聲音此起彼落。

這裡形式上被稱作「作戰總部」，但和其他魔術師培育機構的作戰總部大相逕庭。

房間中央設有席位，周圍擺放著許多螢幕，每台螢幕前都坐著職員。簡直就像戰艦的指揮室。

這很正常，畢竟〈方舟〉是在海中巡迴的移動型要塞都市。這個作戰總部既是司令室，也具備操舵室的功能。

「很好。本校即將出發討伐神話級滅亡因子〈利維坦〉。」

青緒靠在肘枕上開口。

她每次呼吸肺都很痛，一不小心就會猛咳起來，但還是拚命忍耐——接下來就要出發討伐仇敵神話級滅亡因子，身為指揮官若吐著血發號施令，將嚴重影響現場士氣。

「——準備好了嗎，彩禍小姐、瑠璃？」

青緒抬頭望著主螢幕說完，通訊器傳來兩人的聲音。

『呃——嗯。』

第五章

古之仇敵歿　於今又復生

『應該……可以……吧。』

「…………？」

兩人的聲音不知為何帶著一絲慌張，青緒疑惑地歪起頭。

「怎麼了？有什麼問題嗎？」

『不——妳誤會了，沒問題。久遠崎彩禍沒有辦不到的事。』

『就、就是說啊，一定能成功。』

「怎麼感覺妳們好像在試圖說服自己……？」

『沒這回事。』

『怎麼可能。』

「…………」

兩人的反應令青緒感到不解，然而身為學園長總不能讓大家看到自己慌亂的一面。青緒做了個深呼吸轉換心情，再度下達指令。

「——那我們走吧。〈虛之方舟〉，上浮！」

「「遵命！」」

應答聲迴盪在整個總部內。

比被〈克拉肯〉吸附時規模更大。

比〈利維坦〉現身時更劇烈。

〈方舟〉搖晃了起來。

但這是極其正常的現象。

因為〈方舟〉這次並非受到外力搖晃，而是準備自行從海底升起。

然而在這劇烈震動中，無色和瑠璃的心思卻放在其他事情上。

「……那個，魔女大人，我到現在還是搞不太清楚。」

「嗯。」

「……黑衣好像說了一些讓人跌破眼鏡的話……」

瑠璃流著冷汗說道。無色小心不顯露出緊張之情，點了頭。

「沒錯，不過——如果她說的是真的，我們也只能照做了。」

「……可是，魔女大人——」

聽見無色這麼說，瑠璃猶豫地咬著下脣。

就在這時，〈方舟〉原本停駐的海底揚起沙塵，霧濛濛地瀰漫在四周。

就像要撥開、衝破那些沙塵一般——

第五章
古之仇敵歿　於今又復生

〈方舟〉朝著海面一口氣浮了上去。

「…………！」

面對魚群、漂流物和隨意捲曲的〈利維坦〉身體，籠罩在都市上空的厚厚空氣牆時而閃避，時而將它們推到一旁，逐漸提升高度。

最後〈方舟〉終於從漆黑的海底浮至海面。

不過，隔著空氣牆看見的景色並不如字面上感受到的那般優雅。

不知是滅亡因子出現的關係，還是單純的巧合，日落後的天空被一層烏雲覆蓋，刮著激烈的暴風。光是這樣就已讓大海波濤洶湧，每當〈利維坦〉扭動它那修長的身體，更會在海面激起巨浪，使四周看起來宛如地獄。

任憑〈方舟〉再怎麼巨大，在無邊無際的汪洋面前還是恍如一葉扁舟。一浮出海面，無色等人立刻感受到更強烈的搖晃。

不過他們當然沒時間慢慢等身體適應或做心理準備，戴在耳上的通訊器隨即傳來青緒的聲音。

『對手是〈利維坦〉。儘管目標大得令人生厭，再怎麼攻擊它的身體也傷不了它。

——必須瞄準它的頭部。要加速嘍，小心別被甩出去。』

沒等無色他們回應，〈方舟〉外圍就泛起魔力之光——開始航行。一股和剛才不同的震動和壓力襲捲而來。

〈方舟〉以快得與巨大船身不符的速度在洶湧的海面上飛快前進。

然而——

【————————————————————————！】

下個瞬間，一陣遠雷般的轟響使空氣震動。

「這聲音是——」

「是〈利維坦〉的叫聲——說不定它已經發現我們了。」

瑠璃皺著眉回應無色的問題。

接著〈方舟〉前方的海面掀起巨浪，在空中形成許多「球」，證實了瑠璃的猜測。

那些「球」的表面浮現像是漩渦的波紋——

然後朝〈方舟〉射出光線般的高壓水柱。

「唔——」

又快又猛的水柱擦過〈方舟〉的空氣牆，射入海中。一瞬間，就像有炸彈於近距離炸開，一陣強烈的衝擊襲向無色等人。

第五章

古之仇敵歿　於今又復生

但這還沒完，又有無數顆「球」一同射出水柱。

數不清的殺意化作形體襲來。

〈方舟〉絲毫沒有考慮乘客的狀況，以強大的驅動力避開水柱——最終還是到了極限。

船艦行進方向正前方出現一顆「球」，毫不給人喘息的時間就噴出水柱。

「什……！」

就連餘波也能造成強烈衝擊的一擊，在〈方舟〉外的空氣牆上炸開。無色繃緊身體以應付即將襲來的衝擊。

然而過了幾秒，他仍未感受到預想中的衝擊。

原以為天守閣會被水柱擊碎，沒想到水柱竟被泛著光芒的空氣牆彈開，消失在後方。

「彈開了……！」

無色驚愕地擠出一聲，接著通訊器便傳來青緒的聲音。

『這是我們為了防範與〈利維坦〉同等級的威脅，動用全校學生的魔力所變出的防護牆。就算是神話級的攻擊——』

「喔喔！」

『——頂多也只能再撐一次。』

「……想不到這麼脆弱。」

無色說完，青緒以略帶不滿的語氣回應：

『別只出一張嘴，妳都不知道我們有多辛苦。

而且——撐兩次就夠了。』

青緒的聲音帶著笑意。

就在同一時間，〈方舟〉前方出現前所未見的怪物。

它那修長的骨骼蜷曲在大海中，不知盡頭何在，身體前端像昂首的蛇一般屹立在那裡。

「——」

怪物頭部由骨頭與些許皮肉構成，不出所料是個巨大骷髏。錐狀的臉看起來既像蛇又像龍。即使是毫無表情的骨骼，仍充滿威嚴，給人不祥之感。

不過最有特色的還是它的額頭。

是的，它貌似龍頭的前額長出了宛如人類上半身的骨骼——如果那肩膀以下有著多隻手臂的巨大輪廓可以稱為「人」的話。

「那就是——」

「——〈利維坦〉的頭。」

【——】

〈利維坦〉像在回應無色和瑠璃的話語，用兩張嘴發出咆哮。

聽不出究竟是哪個器官發出來的，不過即使離得很遠也能清楚聽見，那巨大的聲響震動著周圍的空氣，讓人耳朵發疼。

〈利維坦〉用巨大的空洞眼睛對著無色等人，張大它的龍口。

接著它前方出現和剛才天差地別的巨大水「球」，在漩渦中成形。

剛才的大小就已具備強大威力，若被這顆「球」射出的水柱擊中，肯定撐都撐不住。

然而——

『——和兩百年前一樣，真沒創意……！』

通訊器響起青緒的聲音，下個瞬間，〈方舟〉隨即湧現前所未有的濃密魔力——

「……唔！」

——從海面飛至空中，自投羅網般衝向龍口。

伴隨著強烈衝擊和巨響，逐漸成形的「球」在龍口中爆裂開來。

任憑〈利維坦〉的嘴巴再大，也吞不下一整座都市。其下顎骨被〈方舟〉撞碎，頭部承受不住重量而墜落海面。

『趁現在，彩禍小姐！瑠璃！讓它見識妳們的厲害。』

在劇烈的震動中，青緒的叫喊聲迴盪在耳邊。

「——我們上，瑠璃。」

「好……好的！」

無色和瑠璃踩著屋頂，躍至空中。

兩人的頭部各自浮現三片界紋，手中和身上也變出第二、第三顯現。

無色在空中滑翔了一會，來到〈利維坦〉的頭頂，將第二顯現的權杖高舉向天空。

「——【未觀測箱庭】！」

一瞬間，權杖泛起五彩光芒。

而後就像在呼應他的動作，下方波濤洶湧的大海、滿布天空的烏雲全都脈動起來。

水、霧、雷全按照無色的意思，束縛〈利維坦〉的巨大身軀，劈開它、刺穿它。

場景中所有物件都聯合起來協助無色。〈利維坦〉痛苦地扭動身體，發出咆哮。

然而，儘管並非處於萬全狀態，對手終究是神話級滅亡因子。而且它這次復活若真是喰良所為，受這點傷肯定很快就會再生，頂多只會靜止幾秒而已。

不過無所謂，這就是無色的目的。

因為無色——「不能打倒〈利維坦〉」。

「喝——！」

他再度舉起【未觀測箱庭】，讓海水像薄紗一樣包覆在自己周圍。

——要將自己藏起來似的。

「——狀況如何？」

青緒在〈虛之方舟〉的司令室大聲詢問，職員和風紀委員們隨即回答：

「防護牆的強度剩下三〇％！進行脫離準備！」

「久遠崎學園長和瑠璃小姐已變出第二、第三顯現！交戰中！」

「〈利維坦〉正被學園長的術式束縛——很順利！」

聽見此起彼落的回報，青緒激動地握拳。

主螢幕上映出了被〈方舟〉衝撞，又被彩禍的【未觀測箱庭】束縛而動彈不得的〈利維坦〉。

目前狀況十分順利，接下來就等彩禍和瑠璃將〈利維坦〉打倒——

「————咦？」

然而，青緒望著主螢幕瞪大了眼睛。

這是當然的，因為彩禍周圍的水薄紗突然消失。

『…………！』

緊接著從該處現身的，竟是玖珂無色。

青緒感覺自己就像在看一場魔術，不由得發出呆愣的聲音。

「為……為什麼無色會在那裡——？」

「————」

在水薄紗中恢復成本來樣貌的無色隨著重力從空中墜落。

現在用的不是彩禍的身體，別說是第三顯現，就連飛行魔術都無法使用，因此必然會墜落。

不過這對現在的無色而言是必要的。

無色努力維繫住快消失的意識，並回想黑衣剛才的「建議」。

「——現在的計畫簡單來說，就是先接近〈利維坦〉後，再由彩禍大人和瑠璃小姐從兩側夾攻——大致上是這樣。」

「沒錯。難道妳認為這樣無法打倒〈利維坦〉嗎？」

「不。雖說戰鬥這種事不到最後難以斷言其結果，但我相信彩禍大人和瑠璃小姐聯手，一定能打倒那個怪物。

不過這麼做也只能打倒〈利維坦〉而已。」

「……？我不懂，這有什麼問題嗎？」

見瑠璃一臉疑惑，黑衣接著解釋：

「打倒〈利維坦〉確實能拯救世界，被海吞噬的大地也能恢復原樣。

——然而，能觀測滅亡因子的魔術師所受的影響不會因為打倒滅亡因子而復原。

青緒小姐中了咒毒，身體很快就會到達極限；瑠璃小姐大幅繼承其血統，最多也只能再活十年。」

「這——」

黑衣說完，瑠璃頓時語塞。

這反應很正常。她當然沒忘記這件事，但突然又聽到他人提起這個事實，任誰都無法保持平靜。

不過，無色感受到黑衣的話中藏有一絲轉機。

「……難道妳知道打破青緒咒毒的方法——是嗎？」

沒錯，因為黑衣剛才說她是來提出建議的。

黑衣微微點頭。

「話雖如此——必須冒極大風險，而且成功的機率微乎其微。」

她犀利地瞇起眼睛，繼續說下去。

「〈利維坦〉的咒毒雖然稱作『毒』，但並不像有害物質或化合物那樣，而是比較像魔術的術式，所以當然不會有解毒劑，若想破除，就只能由施術者解除術式——然而〈利維坦〉在兩百年前施術之後就被殺死，因此這詛咒在它死後仍持續殘留，折磨著青緒小姐。

——不論鴇嶋喰良讓〈利維坦〉復活的目的是什麼，這都是千載難逢的好機會。這是個奇蹟的瞬間，或許真的能消除原本無法打破的永恆咒毒。」

黑衣語氣平淡，卻又有些激動。瑠璃被她的氣勢嚇得上半身後仰。

「可、可是要怎麼做才能解除詛咒？」

黑衣就像在等她問出這個問題，將目光投向無色。

「——妳忘了嗎，瑠璃小姐？我們曾親眼見證過。

那股打破顯現體——打破魔術的力量。」

是的，那就是無色的第二顯現，沒有顏色的劍。

他們至今仍不清楚那個術式的全貌，唯一確定的是，那個術式能消除對手的顯現體。

無色垂下視線，集中精力。

——無色當上魔術師才沒多久。他藉由彩禍的身體接觸到魔術，自己也因此學會魔術，但尚未強到足以自由運用力量。

他需要無比強烈的情感才能發動第二顯現。

——比方說彩禍。光想到她，無色就會心跳加速，內心受到一股無法抑止的情緒推動。這股強烈的衝動，正是發動魔術不可或缺的要素。

「…………」

然而——

此時無色心中卻浮現了另一個人——瑠璃。

他願意為了解救瑠璃而揮劍。

無論如何都要將瑠璃從死亡的命運中拯救出來。

這股情緒熊熊點燃了無色的心。

「第二顯現——」

無色的頭部浮現兩片界紋。

從左右交疊在一起，看起來就像一頂扭曲的王冠。

「——【零至劍】……！」

在無色喊出聲的同時。

他手中出現一把如玻璃般通透的劍。

那一瞬間，無色整個人已然逼近〈利維坦〉的頭部。

「——瑠璃，哥哥絕對會救妳的。」

無色用雙手舉起【零至劍】——

「喔喔喔喔喔喔喔喔喔喔喔喔喔喔喔喔喔喔喔喔——！」

將劍尖插入〈利維坦〉的前額。

「…………！」

胸口感受到一陣灼熱的疼痛，瑠璃忍不住皺起眉頭。

她從甲冑側面將指頭伸入，觸碰患部——輕輕倒抽口氣。

原先深深刻進皮膚裡的傷痕完全消失了。

「——哥哥——！」

第五章

古之仇敵歿　於今又復生

瑠璃回過神來，肩膀顫抖，在半空中將腿一蹬——現在的無色連自行在空中飛行都辦不到，這樣下去會掉進海裡。

然而下個瞬間，從〈利維坦〉頭部墜落的無色腳邊出現了一隻藍焰鳥接住了他。

——不會錯，那正是青緒的第二顯現。

就像要印證這點，戴在耳朵的通訊器傳來青緒的聲音。

『……瑠璃，這究竟是怎麼回事？』

青緒不解地繼續問道：

『為何無色會突然出現？彩禍小姐去哪了？

為什麼——咒毒的刻痕消失了？』

「……您問我，我也不知道。」

瑠璃嘆著氣回應青緒的問題——還沒有人向她認真解釋無色和彩禍究竟是什麼關係，無色的第二顯現也充滿謎團。

「不過……有一點我很確定。」

『……什麼事？』

「——魔女大人和哥哥果然是最棒的。」

瑠璃用力拭去眼眶泛起的淚水，面向〈利維坦〉。

老實說，和神話級滅亡因子交手讓她很不安，青緒託付的任務也讓她感到沉重。即使來到前線，她或許仍未完全下定決心。

——然而，這些情緒都已經過去。

眼前是完美達成任務，被青緒的第二顯現所救的無色。

解除咒毒似乎讓他耗盡魔力，手中的透明之劍和頭上的閃亮界紋皆已消失不見，還渾身傷痕累累。

無色雖能使用特殊術式，但畢竟還是魔術師新手中的新手。他連飛行魔術都不會，若沒有青緒幫忙可能就會掉進海裡。

即使如此，無色仍隻身前往對付強大的神話級滅亡因子。

不為別的，全是為了瑠璃。為了解除加諸不夜城家的詛咒。

啊——儘管狀況不同，他的背影……

——正是瑠璃小時候嚮往的姿態。

「啊——」

瑠璃將盈滿肺腑的感慨化作嘆息吐出。

無色能變身成彩禍，彩禍能變身成無色。面對如此令人不解的現象，瑠璃現在仍感到混亂，莫名其妙。

第五章

古之仇敵歿　於今又復生

但她另一方面又鬆了口氣，慶幸這現象不是發生在其他人身上。

彩禍為她開闢道路——無色牽起她的手同行。

瑠璃敬愛的兩個人為她做了這麼多，她總不能一直心懷不安。

師事於彩禍真好。

身為無色的妹妹——真好。

接下來，就輪到瑠璃出馬了。

儘管解除了咒毒，〈利維坦〉依然健在。它正痛苦地晃動那有如骨骼標本的修長身體。

如果瑠璃搞砸，彩禍的信賴、青緒的決心、無色的心意，一切都會化為烏有。她絕對不能搞砸，也絕不允許自己搞砸。

然而，不知為何——

「哈哈——」

如今瑠璃內心沒有絲毫負擔或壓力。

只有極大的感動，以及推動她前進的熱情。

瑠璃跟隨著那股火焰般令她心焦的衝動，用單手結印。

「——日為終日，夜為終夜。」

三片界紋罩在瑠璃的頭部，使她看起來宛如惡鬼。

此外又多了一片彷彿獠牙的紋樣。

「——黑暗毫不止息，蔓延至未來永世。」

她手中的薙刀、身上的甲冑，全都冒出搖曳的火焰。

就像在呼應她，下方廣闊的大海底部也開始泛起藍白光芒。

「——請親眼見證，驅散永夜的燐火城郭！」

然後，瑠璃喚了一聲。

唸出自己擁有的最大最強的術式名稱。

「第四顯現——【千日常世不夜城】！」

瞬間——

巨大的城郭衝破海面，冒了出來。

「啊——」

無色躺在火鳥背上，呆愣地望著眼前的光景。

第五章

古之仇敵歿　於今又復生

這一幕十分奇幻。

他看見壯麗的天守閣，還看見藍色篝火噴出有如花瓣的火星子，這些景物劃破黑夜，綻放出絢爛光芒。原先夜幕低垂，雲層厚得遮蔽月光，如今這般海上景色瞬間被替換，變得恍如白夜。

漂蕩在海中的〈利維坦〉被城郭由下往上撞擊，置身於半空中。巨大的怪物發出哀號，扭動身體。

「瑠璃……！」

這時無色不禁出聲叫喊。

原因無他，只因為數不清的水「球」突然浮現，包圍住瑠璃。

要是那麼多的「球」一同射出水柱，就算是瑠璃也無法將它們全部擊落。

然而——

「——放心。」

在神聖光芒照耀下，瑠璃露出了從容的微笑。

「————」

瑠璃在光芒中感受到全能感充盈全身。

第四顯現。這是堪稱現代魔術師極致頂點的最強術式。

使用時伴隨著極大的風險，而且沒辦法想用就用。

不過，一旦發動──

「除了魔女大人，沒有人打得贏我──！」

瑠璃像要控制漲滿全身的力量，放聲大吼。

剎那間，〈利維坦〉變出的那些水「球」一同射出水柱。

數量豈止一兩百，連瑠璃也無法用【燐煌刃】將它們全部拂落。

但現在的瑠璃根本無須動手。

──水柱從四面八方貫穿瑠璃的身體。

然而──

「呼────」

瑠璃毫無防備地承受所有攻擊，卻仍自信地揚起嘴角。

儘管被每一擊都具備必殺威力的水柱貫穿全身，她依然毫髮無傷。

這是當然的，因為這正是瑠璃第四顯現的效果。

發動【千日常世不夜城】的期間，瑠璃可以隨心所欲地使空間中的一切維持固定狀態。

換言之，只要瑠璃使用第四顯現——無論遭受怎樣的攻擊，都能保持不受傷害的狀態。

「固定狀態」的效力還不止於此。

「——喝啊啊啊啊啊啊啊啊啊！」

瑠璃在空中將腿一蹬，揮動【燐煌刃】砍向〈利維坦〉。

藍色光刃瞬間伸長，將巨人肩上長出的一隻手臂輕易斬斷。〈利維坦〉發出震耳欲聾的慘叫，響徹四周。

是喰良讓〈利維坦〉復活的。從〈庭園〉圖書館地底的例子來看，若喰良不解除術式，它的身體仍會持續再生。

然而〈利維坦〉的手臂被斬斷的狀態已被「固定」，因此它的手臂就此落入海中，並未再生。

不，不只如此。

那被【燐煌刃】劈開的肩膀、被四周篝火的火星子噴到的修長身體，全都燃起了藍色火焰。

如此脆弱的火焰本該在轉瞬間就消失。

然而，那團火焰如今卻成了永不熄滅之火，包裹〈利維坦〉全身。

不用說，這樣的狀態只能持續到瑠璃魔力耗盡，第四顯現消失之時。

不過〈利維坦〉也是因喰良的第四顯現而復活的不完全復活體。

「——來比耐力吧，邪惡的女人。讓我告訴妳誰更會記仇。」

瑠璃被灼燒〈利維坦〉的火焰之光照亮全身，露出冷酷的微笑。

【————————————————————————————！】

——最後，〈利維坦〉發出淒厲的死前哀號，癱倒在海中。

瑠璃的火焰在海中仍未熄滅，持續燃燒——終於將〈利維坦〉完全消滅。

「……看到了嗎？笨蛋。」

她確定自己獲勝後解除所有顯現體，搖搖晃晃地從空中墜落。

在撞向海面的過程中，她感覺自己被一雙溫柔的手接住——但瑠璃已耗盡魔力，不清楚是誰接住了她。

✡終章　積年情意重　今朝告君知

瑠璃從以前就最喜歡哥哥。

可能是因為他總是對瑠璃很溫柔，也可能是他會說瑠璃很可愛。一起出門買東西時他總會幫忙提重物，吃點心時也會將較大的那一半分給瑠璃。

溫柔的哥哥從她有記憶以來就在她身邊，總是照顧著她。

瑠璃最喜歡哥哥了。

當她察覺時就已是如此，她無法想像沒有哥哥的世界。

但若要說有什麼決定性的事件——

莫過於七年前那件事。

——瑠璃只記得哥哥的背影。

將年幼的瑠璃護在身後，既矮小又高大的背影。

「哥……哥——？」

瑠璃愣愣地對著那道背影呼喊。

竟有一瞬間覺得那不是自己熟悉的哥哥。

原因很簡單，因為幼小的無色頭頂冒出了王冠般的閃亮紋樣。

瑠璃和無色雖然出生在魔術師之家不夜城家，但小時候其實並沒有那麼熱中於魔術師的修練。

母親和本家感情不睦，因此他們不住在本家所在的〈方舟〉，而是住在所謂的「外面」世界，生活也幾乎和普通人無異。

他們念普通的小學、和普通的朋友玩耍、吃普通的食物——儘管有時會有奇怪的客人來找母親，每逢重要節日也得拜訪相關機構，然而對瑠璃和無色而言，那就像一般人會在盂蘭盆節和新年返鄉一樣。

——然而那一天，瑠璃的世界徹底變了樣。

瑠璃他們的住處出現了滅亡因子。

滅亡因子，能毀滅世界的事物總稱。

若在可逆討滅期間內打倒，世界就不會記錄下其造成的影響。

因此只要有魔術師打敗這個敵人，被毀壞的房屋、一片狼藉的景象統統能恢復原樣。
不過，儘管瑠璃不太會使用自己的力量，她終究是個魔術師。
她所受的傷不會復原，斷掉的手腳也不會再長出來。
萬一死了——將永遠不得復生。
——但是……
「——嗯，沒受傷吧，瑠璃？」
回過頭來的那張臉，仍是她所熟悉的哥哥的臉。
是的，那溫柔的笑臉和平時毫無二致，溫和得不像是剛變出顯現體打倒滅亡因子的人。
「……！哥哥、哥哥——」
瑠璃眼眶泛起斗大的淚珠，抓著無色的衣服哭了起來。
無色靜靜地微笑，溫柔地摸了摸瑠璃的頭。
「放心，哥哥絕對會保護妳的——」
舒適的觸感緩和了占據她全身的戰慄感，安心之情在她心中擴散。
但她還是不斷喊著「哥哥」，眼淚沾溼了無色的衣服，此外什麼都沒辦法做。
她想說的話很多。

想傳達的心情也很多。

只可惜幼小的瑠璃無法用言語將它們完整表達出來。

如今她才知道。

啊——一定是從那時候開始。

瑠璃就愛上無色了——

「……唔！」

瑠璃忽然醒了過來。

她猛地坐起身，環顧四周。

這是一間寬敞的和室，整齊地鋪著上等的榻榻米，上面擺著觸感良好的被褥。

不會錯，這是瑠璃在〈方舟〉生活時所住的房間。

「奇怪……我怎麼了……」

瑠璃揉著疲憊的雙眼，喃喃自語。

身體和平常起床時不同，格外沉重，就像直到睡著前一秒都還在山路上全速狂奔，渾身疲憊不堪。

隨著她的意識一點一點清醒，模糊的記憶也逐漸清晰。

——對了，她是來向本家傾吐怨言的，卻被軟禁起來，彩禍等人因而前來救她。後來被帶到本家，青緒害得她昏了過去，再次醒來時——

「——啊。」

腦中最後一塊記憶拼圖拼上。

「啊啊啊啊啊啊啊啊啊啊啊啊啊啊啊啊啊啊啊啊啊——！」

瑠璃回想起所有事，從被窩裡跳了起來。

◇

——許多風車發出喀啦喀啦的聲音，不斷轉動。

〈方舟〉雖被厚厚的空氣牆包裹，內部依然有風。她們似乎設置了能在都市中循環的氣流，以防空氣太悶。

「這裡是——」

無色環視四周的風景。不夜城宅第後方這塊土地看起來像是一片墓地，無數墓碑整齊排列，所有墳墓都供著鮮花，連中間的走道也打掃得很乾淨。

「說是歷代家主之墓……好像也不太對——我被〈利維坦〉咒毒侵蝕的這兩百年來持續更換身體，這裡是用以悼念那些『不夜城青緒』的地方。」

回答他的人是青緒。她領著侍女淺蔥，腳上穿著和式夾腳拖鞋踩在碎石地上，轉身面向墓碑。

「抱歉耽誤你的時間——我想早點向她們報告這件事。」

「不會，請不用在意我們。」

無色說完，青緒回以微笑後靜靜垂下眼眸，默禱了一會。

而後她緩緩抬頭，有些自嘲地笑著轉向無色。

「……你會笑我愚蠢嗎？或認為我偽善而瞧不起我？」

「我……不這麼認為。」

無色搖搖頭說了。事實上這不是客套話，而是真心的回答。無色的想法和彩禍相近，但他能感受到青緒的舉止和表情確實顯露出贖罪與慈愛之情。

於是青緒嘆著氣望向遠方，轉換心情繼續說：

「——我得先向你道謝，能打倒〈利維坦〉真了不起。」

「不，打倒它的人是瑠璃。」

「但解除咒毒的人是你對吧？」

青緒說著輕觸胸口。她已換了身衣服，身上沒有絲毫血跡。

「……想不到當時那個孩子如今已經長這麼大，出現在我面前——既然進入〈庭園〉就讀，可見彩禍小姐幫你解除了記憶修正吧？不過就算如此，還真沒想到瑠璃會認同你當魔術師。」

「記憶修正……？」

無色納悶地問。青緒一瞬間露出驚訝的表情，隨即聳了聳肩。

「難道沒有解除？那你是怎麼當上魔術師的？」

「這個、呃，一言難盡。」

無色無法說明細節，只好含糊帶過。

「既然你不想說，我也不深究——不過這麼說來，瑠璃她……」

「……還沒認同我。」

「呵——啊哈哈哈哈——」

無色的回答讓青緒笑了出來。

「也是。我就在想像她這樣戀兄的孩子怎麼會突然改變心意。」

「呃、這……」

見無色一臉困惑，青緒擺了擺手。

「啊，抱歉。自顧自地講得太開心了——若你對此感到好奇，就請彩禍小姐幫你解開記憶吧。」

瑠璃或許不希望你這麼做，但現在的狀況和當時不同了。雖不清楚〈銜尾蛇〉的目的為何，若又像這次一樣讓我們過去討伐過的神話級滅亡因子復活，就算有再多戰力也不夠。」

這時她像是想起什麼，眨了眨眼。

「說起來，彩禍小姐去哪了？剛才戰鬥到一半就不見人影。」

「……那個，她……」

「請放心，她就在附近默默守護著大家。」

站在無色身邊的黑衣淡淡地回答。

她講得極為含糊，但實際上並不算撒謊。

「這麼說太不吉利了吧。」青緒笑著說完，又想起另一件事。

「啊，對了，瑠璃她——」

——就在這時。

「————無色～～～～～～～～～～～～！黑衣～～～～～～～～～～～～～～～～～！」

說人人到。瑠璃以驚人之勢捲起沙塵衝來，右臂環上無色的脖子，左臂則環上黑衣的脖子，喀！喀！——將兩人架住。

「終～～～於找到你們了～～～……！」

她眼冒血絲，如此吼道。橫眉豎目的模樣嚇得無色冷汗直流。

「瑠、瑠璃……早安。太好了，妳醒了啊。」

「咦？啊、嗯，早安……別說這個了，你有沒有什麼話要對我說？」

「……妳和〈利維坦〉決戰的樣子好帥？」

「不、不是這個。」

「……妳今天也好可愛？」

「也不是這個！」

瑠璃紅著臉大叫，加重勒住無色脖子的力道。氣管被緊緊掐住讓無色有些難受。

「才剛醒來就這麼有精神啊。」

青緒見狀，呵呵笑了起來。

瑠璃這才發現青緒和淺蔥站在無色他們面前。她維持著架住無色和黑衣的姿勢，畢恭畢敬地行禮。

「……！抱歉，家主大人，跟您借一下這兩個人！」

「請便。我還有一些話要對他們說，不過讓妳先說也無妨。」

青緒說完又補了句「對了」。

「妳真正愛的是誰？」

「……………咦？」

聽見青緒語帶揶揄地這麼問，瑠璃瞪大雙眼。

「哎呀，我是在問，妳愛的是無色還是彩禍小姐？既然〈利維坦〉的咒毒已經解除，妳可以自由結婚沒問題。找他們來雖然是為了阻止婚禮，但總不會挑毫無關係的人來做這種事吧？

——噢，放心，我本來就對這方面很寬容。只要是妳選的對象，我都不會有意見。」

「什、什、什……」

瑠璃的臉一下子漲得通紅——

「先……先失陪了！」

她連忙拉著無色和黑衣逃離現場。

被留在原地的青緒和淺蔥愣了好一會。

「——不夜城家未來感覺會很熱鬧呢。」

「確實如此。」

兩人說完，不約而同地笑了。

終章
積年情意重　今朝告君知

◇

「——好了，快按照約定向我說明！」
瑠璃擄人般將無色和黑衣帶走，來到客用宿舍頂樓的房間後，怒氣沖沖地擋在門前。
「……妳在說什麼？」
「……妳在說什麼呢？」
無色和黑衣別開視線說道。
然而瑠璃抓起兩人的頭，用力掰回正前方。
「事到如今還想裝蒜？事情經過我記得一清二楚。
……想問的事很多，就從那件事開始吧。」
瑠璃說完狠狠瞪著無色。
「——無色，你『變成』魔女大人了對吧？那是怎麼回事？絕對不是變身魔術之類的小把戲，那分明就是魔女大人本人。」
「妳、妳看錯了吧？」
「我會看錯魔女大人？」

這話十分有說服力，她畢竟是久遠崎彩禍一級鑑定師（非官方）不夜城瑠璃。這讓無色體會到繼續辯解是沒用的。

「…………」

他瞄了黑衣一眼。

看來她也持相同意見，並且判斷向瑠璃吐露這個祕密沒問題。只見她思索了一會後，對無色微微點頭。

「……好吧，我說。」

無色下定決心，直視瑠璃的雙眼。

這時他忽然想起一件事。

「對了，瑠璃，妳是不是……要我用彩禍小姐的外型向妳說明？」

「呃……對。在魔女大人面前……我比較能……克制自己……」

口氣就像想克制自己的手臂，以免胡亂打人……無色也不想被打死，而且反正不管怎樣都得說明事情原委，因而望向黑衣。

「知道了——那就麻煩妳了，黑衣。」

「明白。」

黑衣說著便將手放在無色的肩上，將脣貼近無色的雙脣。

終章

積年情意重　今朝告君知

「嗚、嗚哇啊啊啊啊啊啊啊啊啊啊啊啊啊啊啊啊啊啊啊啊啊啊啊——！」

瑠璃大叫起來，衝到無色和黑衣中間，將兩人分開。

「什……！你們在幹嘛？你們在幹嘛？」

她慌亂地問。

「沒幹嘛……在存在變換前需要獲得魔力供給……」

「這是無色先生變身成彩禍大人時不可或缺的步驟。請放心，就像人工呼吸一樣。」

「怎麼可能放心啊啊啊啊啊啊啊啊——！」

瑠璃激動地揮動手腳說完，像是想起什麼而肩膀顫了一下。

「對、對了……無色變成魔女大人前，也對我……」

她的臉一下子變紅，最後下定決心面向無色。

「……我、我！讓我來！」

「咦？」

出乎意料的話令無色瞪大眼睛，瑠璃在此時猛地抓住他的肩膀。

「呃，妳……」

「親、親過一次，第二次根本不算什麼！別說了，交給我來！」

瑠璃也不知道自己在說什麼，眼冒漩渦說完後下定決心閉起眼睛，稍微踮起腳尖——

「啾」地輕輕吻了一下無色的唇——這個吻感覺和黑衣的又不太一樣，黑衣最近不知是習慣了還是怎樣，總會固定住他的下巴，強勢地吻他。

「……………如、如何？變了嗎？」

滿臉通紅的瑠璃小心翼翼地睜開眼睛。

然而不管等多久，無色都沒有變成彩禍。瑠璃臉上浮現困惑之情。

「奇、奇怪……？怎麼沒變身？」

瑠璃正感到疑惑時，黑衣向前跨出一步。

「剛才忘了說，我以外的人要提供魔力給無色先生時，必須事先在他唇上賦予術式。」

「………………什麼？」

瑠璃聞言，目瞪口呆。

「……那、剛剛的是？」

「不是供給魔力的行為，而是一個普通的吻。」

「……………………………………………………」

聽完黑衣這番話，瑠璃紅著臉陷入沉默，將臉埋到無色的胸口。接著她的手一用力，揪住無色的衣領。

「瑠、瑠璃……」

終章

積年情意重　今朝告君知

這不尋常的舉動讓無色繃緊神經。然而——

「……不論是當時，還是這次……」

「咦？」

她接下來的低聲呢喃讓無色瞪大眼睛。

「……抱歉一直沒能跟你說。

……謝謝你當時救了我。

謝謝你總是對我這麼溫柔。

聽到你說我可愛，我很開心。

——我最喜歡你了，哥哥。」

「瑠璃——」

聽見無色呼喚自己，瑠璃猛地抬頭。她的臉還是很紅，眼角也泛著淚水，但表情豁然開朗。

「真可惜啊，黑衣！妳說錯了一點！」

「我說錯了嗎？」

黑衣這麼一問，瑠璃隨即伸手指著她回答：

「——那可不是普通的吻，而是充滿愛意的一吻。」

後記

好久不見，我是橘公司。

以上就是《王者的求婚3　瑠璃騎士》的全部內容。不知大家覺得如何，希望讀者們看得開心。〈瑠璃騎士〉這個副標題可以解讀為「瑠璃色的騎士」或「守護瑠璃的騎士」，我個人還滿喜歡的。

總之《馬的姿勢》——不對，《王求》系列終於來到第三集，封面上也以我意想不到的形式燦爛地印著數字「3」。沒想到才第三集就有這麼別出心裁的設計，讓我期待第四集開始會如何。

這次的封面人物是從第一集就登場的不夜城瑠璃，這集終於得以展示她的第三顯現。和風＋機械風的設計實在太帥了。這是我和責編久違地熱議到深夜，苦心設計出的裝束。上次這麼熱血，還是在討論〈Vánargandr〉的大腿機件是否要鼓起來的時候，因此設計出了不錯的成品。

這次也是在許多人的努力下才得以出版本書。

致插畫家つなこ老師，除了瑠璃終於登場的第三顯現外，這次不知為何有很多新角色，真是不好意思。每一個您都畫得很美，賀德佳更是正中我的喜好，讓我無法自拔。

致草野設計師，這次的封面也非常棒。經過難以駕馭的第二集後，這洗練精緻的設計更是令人著迷。瑠璃太帥了！

致責編，這次也受了您很多幫助。不知為何，《王求》系列連續三集都是三三六頁，後記也剛好都是兩頁，這完全是個巧合。

由衷感謝編輯部的諸位，以及所有參與本書出版、通路、銷售等環節的人士，還有正在閱讀本書的你。

希望能在《王者的求婚》第四集與各位再會。

二〇二二年八月　橘　公司

約會大作戰DATE A LIVE 官方極祕解說集 1~2

Kadokawa Comics Illustration

編輯：Fantasia文庫編輯部　原作：橘公司　插畫：つなこ

《約會大作戰》官方解說集再次登場！
精靈情報＆橘公司×つなこ訪談＆珍藏短篇！

《約會大作戰》官方解說集第二彈！內容包括於作品後半登場的精靈們的能力值和天使設定，以及所有精靈生日等獨家新情報。還有橘公司×つなこ的雙人訪談、原作者挑選出《安可》系列中的十大排行等！這次也毫不吝惜地完全收錄各種珍藏短篇！

各 **NT$230~260/HK$70~87**

DATE A LIVE ENCORE 11
作戰
LIVE
Spirit No.0
Height 160
Three size B89/W60/H87
橘公司
The author
Koushi Tachibana
大
A
約會
DATE
11
ENCORE
安可短篇集
Kadokawa Fantastic Novels

國家圖書館出版品預行編目資料

王者的求婚. 3, 瑠璃騎士/橘公司作 ; 馮鈺婷譯
. -- 初版. -- 臺北市 : 臺灣角川股份有限公司,
2023.08
面 ; 公分. -- (Kadokawa fantastic novels)
譯自 : 王様のプロポーズ. 3, 瑠璃の騎士
ISBN 978-626-352-814-7(平裝)

861.57 112009602

Kadokawa
Fantastic
Novels

王者的求婚 3 瑠璃騎士

（原著名：王様のプロポーズ 3 瑠璃の騎士）

2023年8月10日 初版第1刷發行

作　者：橘公司
插　畫：つなこ
譯　者：馮鈺婷

發行人：岩崎剛人
總編輯：蔡佩芬
編　輯：孫千棻
美術設計：宋芳茹
印　務：李明修（主任）、張加恩（主任）、張凱棋

發行所：台灣角川股份有限公司
地　址：104台北市中山區松江路223號3樓
電　話：（02）2515-3000
傳　真：（02）2515-0033
網　址：www.kadokawa.com.tw
劃撥帳戶：台灣角川股份有限公司
劃撥帳號：19487412
法律顧問：有澤法律事務所
製　版：巨茂科技印刷有限公司
ISBN：978-626-352-814-7